谢倩霓
暖爱少女馆
NUAN'AI SHAONÜ GUAN

一片湖

谢倩霓 著

时代出版传媒股份有限公司
安徽少年儿童出版社

图书在版编目(CIP)数据

一片湖 / 谢倩霓著. —合肥：安徽少年儿童出版社，2013.1
(2024.1 重印)
(谢倩霓暖爱少女馆)
ISBN 978-7-5397-4962-4

Ⅰ.①一… Ⅱ.①谢… Ⅲ.①短篇小说 - 小说集 - 中国 - 当代
Ⅳ.①I247.7

中国版本图书馆 CIP 数据核字(2012)第 253417 号

XIE QIANNI NUAN'AI SHAONÜ GUAN YI PIAN HU
谢倩霓暖爱少女馆·一片湖 谢倩霓 著

出 版 人:李玲玲 策 划:姚 巍 责任编辑:姚 巍 宣晓凤 张 琪
责任校对:江 伟 美术编辑:唐 悦 责任印制:朱一之
出版发行:安徽少年儿童出版社 E-mail:ahse1984@163.com
新浪官方微博:http://weibo.com/ahsecbs
(安徽省合肥市翡翠路 1118 号出版传媒广场 邮政编码:230071)
出版部电话:(0551)63533536(办公室) 63533533(传真)
(如发现印装质量问题,影响阅读,请与本社出版部联系调换)
印 制:阳谷毕升印务有限公司
开 本:635mm × 900mm 1/16 印张:10.25 字数:117 千
版 次:2013 年 1 月第 1 版 2024 年 1 月第 6 次印刷

ISBN 978-7-5397-4962-4 定价:35.00 元

谢倩霓简介

出生于江西省修水县，毕业于南京大学，文学硕士。现为少年儿童出版社编审，《少年文艺》杂志执行主编。

中国作家协会会员。主要创作少女成长小说，已经出版的主要作品有：长篇少女成长小说《薄荷香女孩》《你是我的城》《草长莺飞时节》《喜欢不是罪》《青春潘多拉》《此情可待》《不说再见好吗》《忆棠的夏天》等，“谢倩霓暖爱成长小说系列”（《丫头小子在行动》《达人是这样炼成的》《灰姑娘日志》）等。另有中短篇小说集《野百合也有春天》《穿越而过》《慢慢地知道》《梦中的橄榄树》，“小学生幽默生活故事系列·谢天谢地来啦”等。

其作品曾获中国作协全国优秀儿童文学奖、陈伯吹儿童文学奖大奖、陈伯吹儿童文学奖优秀作品奖、冰心儿童图书奖、冰心儿童文学新作奖、上海市文艺创作精品奖等多种奖项，并输出到韩国、新加坡、越南及我国台湾、香港地区。其短篇小说多次入选全国各出版社推出的多种精华选本。

谢倩霓暖爱三部曲

少女萌动季的暖心读物

心湖最深处的文字盛宴

目录 CONTENTS

树精太姨婆

突然有两只很小很小的、
有着红红的脚爪的鸟儿，
一同落到了太姨婆雪白的头发上。

如果你是我最好的朋友，你就会知道，在我的小房间里，靠窗台摆着一个五斗柜。在五斗柜最下面的抽屉里，有一个粉色的百宝箱；在百宝箱的最底层呢，有一个小小的奇怪的红布包。

红布包的颜色已经很旧了，拿起来，稍微凑近闻一闻，还有一股陈樟脑丸的有点冲鼻的怪味道。打开红布包，里面是一沓钱，票面很旧，但每一张都抚得整整齐齐——六张一百元的，六张十元的，还有六张一元的，总共是六百六十六元。

这是一位我只见过一面的老人送给我的一份特殊的零花钱，这些钱是她老人家一辈子的积蓄。

一

中学的第一个暑假来临的时候，妈妈很郑重地将家里的信箱钥匙交给我，说暑假里我的一项重要工作就是开信箱，拿报纸啊、信件啊什么的。我一把抓过信箱钥匙，高兴地说，小菜一碟，这活儿俺喜欢干！

没想到，第一天下到一楼去履行义务，打开信箱，很高兴地抓出里面躺着的唯一的一封信时，我差一点尖叫一声把它扔到地上——这是一封什么样的信啊！会吓死人的！

信封比一般正宗的信封小一号，一看就是自己糊的，用的不知道是什么纸，看上去脏兮兮的。信封正面写着的确实是我家的地址，但字迹歪七扭八，面目狰狞，根本就不像是好人家的孩子写的。而收信人居然是我老妈——一位从来不买信封和邮票，只使用电子邮件啊、QQ 啊、MSN 啊之类的时尚的自由撰稿人。而最下面的落款，更是一个我听也没有听说过的地方——程坊乡。

我用右手大拇指和食指的指尖捏着这封信（以尽量减少自己皮肤与它的接触），以子弹飞行的速度冲回五楼的家。我响亮而夸张的尖叫声将在厨房里埋头苦干的老妈和在沙发上逍遥看电视的老爸都惊吓得跳了起来。

从我指尖上接过信，我很满意地看到，老妈的脸上布满了惊惧的神情："这……这啥玩意？"

"剪开看看不就知道了？"老爸殷勤地递过来剪刀，"没准是什么童年的青梅竹马写来的。"

"脑残哦！"老妈白了老爸一眼，接过剪刀，一刀剪开个口子。

"天哪！原来是那个甜甜姨婆！那个你外婆家那边的甜甜姨婆！"老妈一边用眼光快速扫描信件，一边不住嘴地低呼，一只手还不住地拍着胸口，好像她的心会吃惊得从胸腔里蹦出来。

我跟爸爸一起凑上前去，共同阅读这封世界上最奇怪的、只有短短半页纸的来信。

第二天一大早，老妈不由分说，将我和她的衣物胡乱往旅行箱里一塞，拉着我匆匆出了家门。

刚从床上惊醒过来的老爸蓬头垢面、跌跌撞撞地跟在我们身后惨叫："怎么见风就是雨啊？说走就走！把我一个人扔在家里！我吃饭怎么办？我不会烧饭的！"

我蹦下两格楼梯，回过头来说："泡方便面！煮饺子！或者叫门口的馄饨店送吃的上门！"

跟在身后的老妈哈哈笑着，赞赏地拍了拍我的头。

昨天晚上我已从老妈口里得知，甜甜姨婆是外婆的阿姨，老妈叫姨婆，我应当叫太姨婆。她无儿无女，一个人生活在外婆家那个叫程坊乡的偏远的小村子里。

"太姨婆在信中说，她知道自己快要走了，很想最后见一见我们这些远在外面的小辈。"在火车上，老妈告诉我。

我点点头，这些话，昨天晚上我看信的时候已经看到了。看着那些写得大大的、东倒西歪的字体，我早已不再害怕，我难过得差一点流眼泪。这些字和那个古怪的信封，原来是出自一个多少年没出过门的乡下老太太啊！

"我还是读中学的时候跟你外婆去看过一次你太姨婆。这么多年，我都要忘掉还有这么一位姨婆了。"老妈说着，眼圈有点红。

我又点点头，说："我压根就不知道有这么一位太姨婆。"

“是我不对！”老妈叹口气，“整天不知道在忙什么，日子一天一天飞一样过去，很多应该珍惜的东西都要丢光了。”

我捏捏老妈的胳膊，表示理解她的心情。

现在，我在想着太姨婆信里的一句话：“我快要走啦，本来无牵无挂的，可最近，心里却总想着，要是能见一见你们这些在外面的小辈，那我就会走得更安心了！”

昨晚我偷偷问过老爸，知道“快要走了”就是“快要死了”的意思。这句话让我有点害怕。现在，坐在快速前行的火车上，看着窗外一晃而过的田野和村庄，我心里害怕的感觉更强烈了。我在一个劲地想象——在乡下一座破烂不堪的茅草屋里，我是不是会看到一个僵尸一样躺在床上的老太婆?

二

坐完火车坐汽车，坐完汽车再换三轮车，然后还走了一大段田间小路。直折腾了将近两天的时间，我们才终于到达了那个叫程坊乡的地方。

不过我要说，走在田间小路上的感觉真是不错，这里的风不像城市里的风那么热烘烘的，可能是它在很多绿色植物的身子上溜达过吧(这里有那么大片大片的田野呢)，所以到达我们身边的时候，它是凉凉的，有着绿色植物清甜的味道。

一进村，我们就走在了一条两旁种有高大树木的林荫小道上。风在这里变得更凉，也更活泼了，它在树枝间窜来窜去，将更浓烈的绿色植物的味道捎带给我们。

妈妈抬头看，惊叹："怎么乡下也有这么好的林荫道？这里的村干部看来挺不错。"

我跟着妈妈抬头看，我可不知道什么叫村干部。我在听一种嘈嘈切切的声音——很多很多小鸟躲在树叶间聊天的声音。可是，我看不见它们，这里的树叶太浓太密啦！

突然间好喜欢这里！这样安安静静的林荫道，没有车流，没有人流，没有汽车喇叭声和自行车铃声，只有快要下山的夕阳斜晖，在树叶间漏下细碎的光点，和躲在不知哪片树叶后面喋喋不休地说着话的小鸟。真的好喜欢走在这样的小路上！

我想，即便甜甜太姨婆真的是一具躺在床上的僵尸，我也不后悔来这里！

走完这条小路，在一位迎面而来的乡人的热心指点下，我们向右拐，很快就找到了甜甜太姨婆的家。

那是一栋小小的黄泥巴房子，屋顶上盖着黑瓦，屋子前面有一个小菜园。一位满头白发的老太太，正在菜园里忙活着。

打死我也不会相信，这位正在忙着给菜地浇水的老太太，就是已经90岁的甜甜太姨婆！我从来没有见过高达90岁的老人，我见过的最老的老人是住在我们家楼下的75岁的陈爷爷，可这位陈爷爷已经无法出门了，他几乎整天都躺在床上，哼哼唧唧的。

我真想拽住妈妈的手，问她："搞错没有！不可能吧！别闹笑话！"

要知道，我妈妈、认人啊认地方啊都非常差劲，经常闹张冠李戴的笑话。

可此时，妈妈已经眼圈发红，她毫不犹豫地走上前去，激动地叫："甜甜姨婆！"

老太太直起腰，手搭在额头上，眯起眼睛朝来人张望。她那满脸皱纹、满头白发的样子真是生动啊！

妈妈跨上一步，一把抓住了甜甜太姨婆的手！

太姨婆和老妈坐在有凉风穿梭的堂屋里叽里呱啦说话的时候，我坐在旁边安静地听着。她们说的是妈妈老家的家乡话，也就是太姨婆的家乡话，这种奇怪的语音我小时候听外婆和妈妈对话的时候一直说，我能听懂大半，但基本上不会说。

我的手一直被太姨婆拉着。太姨婆的手结实又温暖，一点也不像我想象中可怕的老蛇皮。

"我发出去好多信，你们是唯一回来看我的人。"甜甜太姨婆说。

太姨婆的话令我心里好难过。可她自己一点也不难过，她呵呵地笑起来了："知道自己快要走了，就有许多奇怪的念头。结果让你们跑了这么远的路。"

"快要走了"几个字让我不自觉地抓紧了太姨婆的手。

太姨婆感觉到了，她转过头来看我一眼，对妈妈说："熙熙是一个好心眼的女娃子，就像你小时候一样。"

妈妈看着我挺开心地笑着，笑得我害羞起来。

好奇怪呀！我的好朋友说过我心眼比较好，可太姨婆是怎么看出来的呢？我跟她见面才半个小时不到呀！

太姨婆家的晚餐简单干净。“都是自己地里种的菜。不知道你们要来，没给熙熙准备好吃的。等明天我叫人帮忙杀一只小母鸡，给熙熙熬鸡汤喝。”太姨婆说。

啊，我不要喝鸡汤，我就要吃太姨婆自己种的菜！我从来没吃过这么好吃的蔬菜！怎么可以有这么鲜美的味道呢！

妈妈正在大把往嘴里塞紫色的肥嘟嘟的豇豆：“吃这样的饭菜，怪不得您老人家长寿呢。”

太姨婆瘪着嘴笑起来：“我这不算长寿。村里还有好几个比我岁数大的。”

想起自己关于“僵尸”的联想，我忍不住一个人偷偷地笑起来了。

三

吃过晚饭，天空还是亮亮的。西天边上，几丝淡淡的夕阳还挂在那里不肯回家呢。

老妈去看望她小时候的玩伴了，我则跟着太姨婆出门去散步。

走在乡间小路上，真是爽透了！风轻轻地吹着，小鸟在树枝间跳来跳去。我抬头去寻找小鸟，发现这里原来是一片小小的树林呢。树长得不算大，也不多，但它们站在泥地里，整齐地排着队，令人一看就满心欢喜，就像我和妈妈刚刚走进村子时见到的那一片路边树林一样。

“这些都是我种的树。”太姨婆的手在我眼前圈了一个大圆圈。

"啊?"我吃惊地望着眼前这一片小树林,"您一个人种的?这块地是您的啊?"

"地怎么会是我的?"太姨婆像小姑娘一样咯咯地笑起来,"地是村民公用的,不过树是我一个人种的。"

"为什么啊?"我问。但眼珠一转,我立刻就明白了:"知道了!这地是您承包的!种了这么多的树,一定可以卖很多很多钱,对吧?"

记得去年老妈买一棵很小很小的橡皮树,还花了三十块钱呢。这么一大片的树,可以卖多少钱啊!嘿嘿,别看太姨婆年纪这么大,倒是很有经济头脑哩。

"你这小孩子!"太姨婆拍了一下我的脑袋,"我一个老太婆要钱干什么?"

"要钱干什么?"我大惊小怪地看着太姨婆,"有钱多好啊!那我就可以买好多漂亮的芭比娃娃了!"说起来有点不好意思,都已经是中学生了,可我还是改不了喜欢芭比娃娃的坏毛病。一想到那些刚刚上市的、穿着华丽晚礼服的芭比娃娃,我就馋得直流口水。

可太姨婆好像没有听见我说的话,她只管说她自己的:"这些树不是卖的,也不能算是我私人的,就让它们一直长在这里。"

不卖?不是太姨婆的?那她那么辛苦地种它们干吗?

太姨婆不理会我的疑问,她声音很轻地继续说她的(是怕惊吓树上的小鸟吗):"我每年春天种十几棵树,已经种了几十年啦。"

什么什么?已经种了几十年的树?

我又一次被太姨婆的壮举吓得说不出话来,我站在那里,愣愣地看着她。

我的样子一定很傻，太姨婆大笑起来，已经缺了好几颗牙齿的嘴巴张得大大的："这些树还是近些年种的，你跟我来。"

太姨婆有点得意地牵着我的手，带着我来到了村口的那片林荫道上。

难道……难道这些树也是太姨婆她老人家种的？

太姨婆得意扬扬地看着我，用手一挥，圈了一个大大的圆圈："这些树，也都是我种的哟！这些都是早些年种的，你看都长这么大了！"

天哪！我真的吓坏了！我站在那里，晕乎乎地抬头，看那些高大挺拔的"树帅哥"。

想想看，一个已经 90 岁高龄的老太太，每年一个人种那么多的树，而且又不是为了卖钱！

我想不明白！

"你喜不喜欢这些树？"太姨婆问我。

我不说话，使劲点头。

啊，抱着漂亮的芭比娃娃心里很开心，可是，走在这些高大的树下，听着小鸟叽叽喳喳地聊天和唱歌，我心里的欢喜，比抱着芭比娃娃好像要更甚一百倍呢。

"我也喜欢这些树。村子里的大人啊、小孩子啊，他们也全都喜欢。我最喜欢看小孩子在树林里奔来奔去，还有老人家坐在树荫里乘凉。还有啊……"太姨婆的声音变得又轻又温柔，"看见了吗？树上的那些鸟儿，它们更喜欢这些树。这里是它们的家哟。看那里，还有那里，看到了吗？都是鸟窝。"

我顺着太姨婆的指点，真的看到了好几个鸟窝。都是用短短的树枝错综复杂地搭建而成，精致美丽。在一个比较低的鸟窝门口，还露着一只很小的小鸟的脑袋呢。

“我走了以后，这些树啊、鸟啊都会好好地留在这里，会给大家带来很多快乐。”这句话，太姨婆没有对着我说，她像是在自言自语。

我被太姨婆的话，还有树上挂着的那些鸟窝带入到一种非常美好的感觉里面，我好像有一点点明白太姨婆为什么要一个人在村子里种这么多的树了。

“大家会感到快乐。”太姨婆又说了一句。

这时，突然有两只很小很小的、有着红红的脚爪的鸟儿，一同落到了太姨婆雪白的头发上！

我捂住嘴巴，差一点尖叫起来。这两只小鸟将太姨婆的头发当成树叶了吗？还是它们本来就认识太姨婆，把她当成了它们中的一员？

太姨婆朝我摆摆手，轻手轻脚地朝前走，任由两个小东西在她头顶上快乐地聊天。

那一刻，我突然发现，自己好喜欢好喜欢这个才见一面的太姨婆呀。能够一个人种出这么多树来的太姨婆肯定不是一般的老太太，她一定是童话里长生不老的树精吧。

四

可是，太姨婆并不是树精。当夏天过去，秋天来临，天气一天比一天冷的时候，太姨婆真的走了。

妈妈再一次匆匆收拾行装，准备奔赴程坊乡。

我揪住妈妈的袖子，说："我也要去！"

妈妈头也不回，只一把将我的手打下："看你的书去！"

我叹一口气。还有两天就期中考试了，中学里的第一场大考。我知道妈妈不可能让我去。

我眼巴巴地看着妈妈的背影离去。

三天以后，妈妈回来了。她进家门后做的第一件事，就是郑重其事地从她的旅行箱里掏出一个红布包交给我。

我惊疑地打开，里面是一沓钱，票面很旧，但每一张都抚得整整齐齐——六张一百元的，六张十元的，还有六张一元的，总共是六百六十六元。

"太姨婆给你留了话，是请她邻居转达给我的。"妈妈说。

我不好意思抬眼，我的眼圈已经红了。我就那样低着头，看着红布包，听妈妈转达太姨婆留给我的话："这是我一生里所有的积蓄，送给熙熙作零花钱，买她喜欢的娃娃。还有，希望熙熙以后长大了能有空回来，替太姨婆看看那些树，还有树上的鸟儿。"

我很没有出息地呜呜哭出了声。老爸拍拍我的肩，说："才见过一次面啊，别这么夸张好不好？"

爸爸知道什么呀！他一次面也没有见过，当然更没见过太姨婆的菜园子、太姨婆一个人种下的那些大大小小的树，还有树上搭着的那些鸟窝和树枝间跳跃的那些小鸟。

还有、还有，太姨婆轻手轻脚走在大树下的样子和在她雪白的头发上聊天的那两只小鸟！

我越想越伤心，忍不住号啕大哭起来。

爸爸还要唠叨，妈妈将他拦住了。

我一个人坐在客厅里痛痛快快哭了一场，哭好了，我站起身，将那个红布包郑重地放到我那个百宝箱的最底层。

包里的零花钱，我当然不会去买芭比娃娃。我想，等我长得比较大了，我就拿太姨婆送给我的钱去买车票，回程坊乡，看望太姨婆的树，还有树上的鸟儿们。

它们一定会好好地待在那里，给所有的人带来快乐！

可不可以把心情换掉

其实歌词并不忧伤，
只是一种轻轻的诉说，
带着点爱怜和梦幻的那种。

昨天放学以后没有直接回家，而是去理发店，将一直留着的清清纯纯的学生头修剪成了一头长短不齐的碎发。照照镜子，真是好新潮。

“这发型适合你！”留着长头发的理发师GG用手拂拂我的新头发，在对面的镜子里对我赞叹。

我甩甩头发，对他微笑。

“染色吧，挑染也行。黄的、红的都适合你哦！不骗你的，保证比现在更到位！”理发师GG又一次游说了。

其实，刚才在剪发的过程中，他就一直在游说，而我，一再地在脑海里浮现妈妈歇斯底里的场面才好不容易抵挡住了他的诱惑。我当然知道挑几缕头发染一染一定更新潮，可是，我实在是不敢太放肆。就现在这头发，估计已经足够引发超级家庭地震了。

推开家门，爸爸妈妈已坐在饭桌前。

“今天怎么这么晚……”责备的话还没说完，妈妈突然注意到我的头发变了，她立刻尖叫起来，“你的头发怎么啦？怎么变成了一只小刺猬？”

“哈，老妈，老土了不是？这是小刺猬？您老人家看看清楚，这是最时新的发型啊！”

“好好的头发弄成这个样子，像老鼠啃过似的，还最新发型！”

妈妈是最喜欢我留那种乖乖的学生头的。自从上了初中，一对长长的辫子咔嚓一声剪掉之后，我就一直留那种清汤挂面式的学生头。“真是一个可爱的小淑女。”每次洗完头，对着镜子梳那一头柔顺而整齐的短发时，妈妈总会站在一旁，满意地这样叹息。

但现在，我不想再做淑女了。

就从头发开始。

好在爸爸向来是宠我的，他用手势止住妈妈的尖叫，说：“唔，换个样子也不错，看上去挺新鲜的。”

妈妈心有不甘地咽了口唾沫，伸手过来拽拽我稀稀拉拉的几根长一点的头发：“只剩这么一点头发！怎么也不跟妈说一声啊！”

妈妈，对不起，我都没有时间向您老人家请示。我只是迫不及待地想要换一种形象。

今早到校，我的新发型引起了一阵小小的轰动。“臭美死了！”我的同桌涛说。

我没心情理他，我的眼睛一直盯着教室门口。

我终于看到皓与花儿走进教室来了，皓在前，花儿在后，好像是不经意一起走进教室来的样子。但我知道，他们肯定是约好了一起到学校的；并且，在走进校门的前一刻，他们肯定还是手拉着手的。

因为昨天中午，我是亲眼看见他们手拉着手走在街头的。

昨天中午午饭后，我扭头对坐我后排的花儿说："一起到街上逛逛去？"老妈快过生日了，我想给她老人家送点小玩意或送张贺卡。

花儿犹豫了一会，说："改天吧，中午可能有事。"

"什么事？约会？"我嬉皮笑脸。

花儿脸儿红红地用手打我："什么呀！我想将作业做掉一点，晚上可能有事。"

"哈，那就是晚上要约会了！"

"不跟你说了！"花儿真的不理我了，埋头到书包里去将英语书和练习本往外掏。

瞧瞧，这算是我的死党吗？

可花儿是个说一不二的家伙，我无可奈何，只好一个人上街去。心里想到了要去逛街结果又不去的话，我会很难过的。

出学校门往右手拐，走到十字路口再往右手拐，就来到一条虽然狭小但很热闹的街道。这里的小店铺一个挨一个，全是我们喜欢逛的：音像店、小饰品店、玩具店、文具店、书店……我在音像店里逛了逛，就进到隔壁的书店里，看那里摆着的琳琅满目的贺卡。我挑了一张上面挖了很多小洞洞的，打算作为几天后送给妈妈的生日礼物。

正要往外走，一抬头，我看到了街道斜对面玩具店门口的花儿，她正在看高高地挂在门口的一个绒布小丑娃哩。

嘿，搞什么搞！花儿这是什么意思！

我忿忿然了，正要冲过街道去质问她，没想到台阶上突然又出现了皓，皓手里举着两支冷饮，正像一朵盛夏里的向日葵一样阳光灿烂地对着花儿笑。

我停住脚步，傻呆呆地看着他们。

他们这是在——谈恋爱？我最要好的女性朋友和最有感觉的男性朋友，他们在相好？怎么我一点也不知道？

花儿见到举着冷饮的皓，可笑地摆出满脸羞涩加幸福状，活像韩剧里的小女人。

皓呢？我转眼去看皓时，却见他正在很仔细地剥冷饮的包装袋，剥好了才递给花儿。

花儿接过来，幸福地含在嘴里。

皓好像是在问花儿要不要那个绒布小丑娃，花儿摇了摇头。

接着，他们手拉着手一起朝前走了。

我站在书店的门里面，一直望着他们，一直望到他们手拉着手的背影不见了为止。

我知道自己很伤心，伤心到泪水一瞬间就沁出了眼眶。不光是因为花儿骗了我，还因为皓——这个一直让人感觉舒服的、细心体贴的男孩。

我不可抑制地想起中秋节的那天晚上。

因为中秋节不放假，所以在我的记忆里，这个应当是很美丽的节日好像从来就没有仔细地过过，更没有在学校里过过。顶多就是在家里跟着爸妈吃几口月饼，那东西甜腻腻的，我还不太爱吃。月亮呢，好像也不曾仔细看过,因为家庭作业不会因为中秋节而减少。

这一次,我们刚刚大学毕业的美女班主任突然诗兴大发,说要全班同学一起过一个浪漫的中秋节。这个中秋节正好是在周五,我们可以从从容容地吃着月饼欣赏月亮。

我们的节日活动分成两大自然段,第一自然段在教室里,大家表演一些即兴节目,吃一点小吃;第二自然段则去月光地里,吃着月饼赏月亮。

我们围成一圈坐在教室里,拉灭电灯,点上蜡烛。听皓弹着吉他唱歌。皓是我们校园小有名气的吉他歌手,但在晚上听他伴着吉他的歌声,对我来说还是第一次。

我从来没有想到过,摇曳的烛光里,轻轻的呼吸声中,清澈的男生的嗓音与略带忧郁的吉他声的交融能这样一下子击中人心。

我坐在烛光的阴影里,眼睛慢慢地、无可克制地潮润。其实歌词并不忧伤,只是一种轻轻的诉说,带着点爱怜和梦幻的那种。我也不知道自己为什么会这样伤感。

眼泪已经爬出了眼眶,大大的,挂在脸颊上,在烛光的映照下,它们会闪出晶莹的亮光吗?让人看见,多么难为情啊。

好在我就坐在教室的门口。我站起来,悄悄地溜出教室。

啊,外面是一片怎样的天地!

白天热气腾腾的操场此刻安静得像一片从未有人踏入的原始土地,跑道静静,树木静静,有一些秋虫的细碎的歌声,更加深了这种包裹一切的安静。月光,朦胧的、无所不包的月光,就那么整片地、没有一点缝隙地铺下来，将大地上的一切都带进一个梦幻神奇的天国的传说里。

我站在教学楼前的小花坛边上，看着这月光下陌生的、安安静静的一切，再一次热泪盈眶。

啊，这一次不是因为伤感，我只是被这样的一片纯净的、无语的天地深深触动。我也不知道自己是怎么啦，为什么老是会这样说不清楚原因地掉眼泪。

“怎么啦？一个人跑出来发呆？”身后，响起一个男生轻轻的声音。

居然是皓！他看见我在他弹着吉他唱歌的时候离座了？

我有点意外又有点不好意思地转过身子：“没什么。不是你的歌唱得不好，而是……我也说不清楚，心里突然有点难过。”

也许是看见了我依旧潮润着的双眼吧，皓轻轻地笑起来：“要不人们怎么说我们处于雨季呢。我们眼里的天空里总会无缘无故地飘雨。”

哈，皓真是一个会说话的男生！我笑出了声，再也顾不上感伤。

皓却安静下来了，静静地注视眼前的这一片天光。皓也被刚才攫住我的那种感动攫住了吗？

我陪着皓一起安静，一起再一次感动。

我看不出这样一件小事有没有给皓留下一点什么。在我自己心里，却开始固执地认为皓是属于与自己心心相印的那一个。总有一天，我们会再一次在一种特殊的情境里——或者依旧是在月光地里，或者是在一个黄昏，又或者是一个下着小雨的日子，一起沉浸到一种只有我们俩的共同的心情之中。

而现在，与他手拉手的是花儿；与他共同拥有同一种心情的，是花儿。

我只不过是一厢情愿而已。

我开始讨厌自己乖乖的学生头，以及身上穿着的那一套带花边和腰带的淑女裙。它们令我感到窒息。

顶着一头碎发在教室里飘的感觉真好。当我看见皓和花儿一同踏进教室,一同惊讶万分地停在我面前时,我甚至有心情对他们笑了笑。

“哇,小淑女没啦！”花儿叫。

“嗯,挺不错！”皓一本正经地评论,“另一种感觉和味道哦！”

在他们眼里,一切仅仅是发型的改变吗？在他们心里,我仍然只是他们的那个一成不变的好朋友?

哦,他们当然不知道我心里的狂风暴雨,我也不会让他们知道。我是一个死要面子的人,我不会对任何人承认我曾对男生皓抱有幻想。

中午,我乖乖地趴在桌上做练习题。我想,花儿和皓今天中午会到哪里去呢？还是到小街上去看丑娃娃？皓还会给花儿买冷饮吗？在这样已经秋意很浓了的天气里。

可是，花儿却用一支铅笔在我书上使劲敲呢:“喂！少假惺惺地用功！陪我去逛逛！”

“不讲理。”我放下笔,有点无奈地看着花儿可爱地嘟起来的嘴巴。

啊,也许花儿是真的比我可爱,比我讨人喜欢吧。在我们的小圈子里,花儿总是引人注目的。安安静静的我真的注定要做她的陪衬?

“看着我干吗？我脸上有帅哥？”花儿很不满地一把抢过我手里的

笔,“啪”一声将我的课本合起来,“求求你,陪陪我啦,有话要告诉你。”

有话要告诉我？什么话？

我默默地随着花儿来到操场深处一片安安静静的小草坪上。秋天的阳光金子般在已经泛黄的草坪上跳舞，溅起一片又一片细碎的亮晶晶的光晕。

“我恋爱了！”花儿站在亮晶晶的光晕里宣布。

“啊？真的？和谁？”我装出一副死党必须流露的惊喜万分的样子。

“猜猜！”花儿脸上一片娇羞。

“告诉我吧！”我求她。事实是,我无法说出那个名字。

“皓啊！”花儿已经迫不及待地叫起来,“我没想到皓也会喜欢我！我一直在暗恋他！小淑女,我真开心啊！梦想成真！你为我高兴吗？”

“啊,当然！皓是一个大帅哥呢！”

大家都来佩服我吧！我可是满面笑容地说出这句话的！

“我现在觉得帅不帅不是主要的,重要的是他真的对你好。”花儿紧紧挽着我的胳膊,脸热乎乎地贴在我的肩头上,“啊,小淑女,我真希望你也赶快恋爱！”

“好啊好啊,我尽量赶上你的步伐。”我的心情有点被她感染,心里的难过居然冲淡了一些。

“你这样可爱的小淑女,追求的人一定排着队呢！”

“是吗？”我苦笑了一下。可惜这里面没有一个叫皓的人了。

所以,我真的不想再当淑女了。

下午放学,我仍然没有直接回家。我去特色服装一条街上(这里的东西新潮又便宜),挑选了一件长长大大的淡蓝色长袖厚T恤,加一条带有很多口袋的肥大的裤子。这一套装束与我的碎发是很般配的。

我要将身上的裙子换掉。我希望,这种彻底的更换将会使我拥有一种新的心情。

站在镜前的我成了标准的、已经有点过气了的"哈韩"一族呢。不过我很喜欢自己现在的这种样子。

走在回家的路上,我有点忘掉了皓和花儿,我在担心妈妈。当她看见自己的乖女儿突然变成了这副模样时,会不会尖叫着昏过去?

我真希望爸爸妈妈不要问我为什么。也许很久以后,我会愿意告诉他们。而现在,我只想一个人慢慢遗忘。

日子

村里人有羡慕的，
有理解的，
当然更有说风凉话的，
娘一概不理睬，
我行我素。

一

正是八月初热死人的天气。田埂上原本乌亮潮润的田泥早已被晒得焦硬发白，一脚踩上去，就像踩在河滩边那一颗颗硬邦邦的河卵石上，硌得脚生疼。

田蓝提着一只装满饭菜的竹篮子，头扣一顶汗渍斑斑、早已辨不出颜色的破草帽，眯着眼走在白晃晃的反着太阳光的田埂上，她是赶着去给正在田头忙活的爹娘送饭呢。

“这鬼天气，真热！”田蓝用袖子擦了一把脸，忍不住骂了一声，但她立刻缩住了话头。还好娘不在身边，要是让她听到了，非挨骂不可呢。田蓝知道，这时候的天气是骂不得的，越热，太阳越大，村里人便会越发欢喜。因为这个时候，正是早稻成熟收割的季节，有好好的日头，割下来的稻谷就可以好好地晒它个透干。只有颗粒归仓了，村民们半年的辛劳才算没白费，大人小孩子全都吊着的一颗心才能好好地松松劲呢。所以，在这种鸡狗都热得不肯发出一点声音来的大正午，爹娘却是一口气也不敢歇的。一想到此刻正在烈日下挥汗如雨的爹娘，田蓝的心就有了一种收紧的感觉。

“唉，也不知哥他这次到底怎样了呢！”田蓝望望眼前沉甸甸地弯着腰身、等着主人来收割的大片大片黄灿灿的稻谷，在心里重重地叹了一口气。

远远地望见了自家的那片田地，一半的地已经空了，割下的稻谷一排一排整齐而柔顺地躺倒在裸露着黑色胸膛的土地上。爹娘呢，却没在田地里。田蓝抬眼寻找时，却见娘坐在旁边空地的一棵大樟树下，正朝她挥动着手中的草帽呢。爹坐在娘的旁边，在吸着旱烟，好像还在朝她笑着。

田蓝奔过去，脚上穿着的一双旧凉鞋剪成的拖鞋发出一阵啪啪啪的声响，在干燥的田埂上拖起一片浓浓的灰尘。“爹，娘，饿了吧，快吃！”

爹娘的脸晒成了一种黑红黑红的颜色，上衣早已湿透，紧紧地贴在身上。两人都赤着脚，裤腿高高地卷起，小腿和裤管上溅满了点点泥星。

娘接过篮子，一边端出饭菜，一边问：“你哥回来了没有？晓得结果吗？”问话时娘脸色平静，爹却有点慌神，一下子拔出含在嘴里的烟秆，睁大眼睛盯着田蓝。田蓝心里又无端地收缩了一下。

长到十五岁，她早已熟知娘的性情。娘心里越紧张，脸上就越是平静。娘是一个罕见的女人，村子里的人都这么说，田蓝当然更是这么认为。娘心里有一种东西，一种奇怪的看不见的东西，这个家里的一切都靠这种东西支撑着，田蓝和哥哥田亮的命运也被这种东西支撑着，甚至支配着，丝毫动弹不得。

“他还没回来呢。你们不用着急，我哥那么用功，会有好消息的！”田蓝边说边用草帽使劲给爹娘扇着风。娘不再说话，埋头吃饭，爹却忍不住叹了一口气。娘看他一眼，眼光如锥子一般，爹立刻像犯了错误的孩子，低下头去。爹总是这样，不太像爹，倒更像是娘的又一个孩子。

田蓝将目光移开，望向收割了一半的寂静无声的田野。正午的太阳正发出最灼热的光芒，威力无穷，不可仰视。劳作的农人三三两两聚向近旁的树荫处吃饭、小憩，以迎接即将开始的又一轮极耗体力的劳作。

突然，田蓝的目光被娘弯腰夹菜的动作吸引住了。娘屈腿坐在地上，身子略略地倾向一侧。她伸筷子夹菜的时候，腰身自然地向前舒展着，一眼看去，竟呈现出一幅说不出的优美动人的图景。天哪！这不就是秦文所说的“线条”吗？田蓝一下子看呆了。

二

升入中学以后，班上的女同学开始神神秘秘地在背地里谈论“线条”。被大家公认的“线条”理论专家是文娱委员秦文。有时在路上走着，迎面走过来一位女子，秦文便会贼眉鼠眼地做手势，提醒大家“注意观察”。等人家刚刚走过，她就会迫不及待地发表评论，有时是说“胸部不挺，缺乏女性魅力”，有时是说“腰部太硬，难觅弱柳扶风的韵味”。

有一阵子田蓝对秦文佩服得五体投地，就是因为“弱柳扶风”一词。

她问秦文:“你从哪儿学来这么好的词呢?真好!”

秦文看她一眼,说:“《红楼梦》。”田蓝傻乎乎地问:“《红楼梦》?是一篇文章吗?”秦文笑笑,说:“就算是吧。”田蓝知道自己肯定错了,但秦文的神态令她不好意思再发问。

秦文的爸爸就是她们这所学校的校长。作为校长的女儿,秦文有时会有一点小小的傲气。但平心而论,她的确有傲的资本。据说她从小就极爱读书,并且过目不忘。而这些,都是受她的校长爸爸的熏陶和影响。

有时在校园里走,远远地望见秦校长依然年轻挺拔的背影,田蓝心里总会莫名地想起自己爹爹那因劳苦而衰老的、在田地里永不停歇地劳作着的身影。原来人与人之间是可以有这样大的不同啊!那么,若干年以后,自己和秦文之间,是不是也会产生这样一种大大的不同呢?会吗?

就像爹没法跟秦校长相比一样,娘也是没法跟秦文的妈妈相比的。秦文的妈妈是乡文化站的干部,皮肤白皙,衣着时髦,可惜她却过早地发福了,哪里像娘呢,至今保持着这么好的一副身段!为什么自己以前从来没有注意过呢?

田蓝呆呆地望着娘的腰身“弱柳扶风”一般(她坚信这就是“弱柳扶风”)在眼前轻盈地动来动去,心里突兀地跳上来一个想法:娘年轻的时候一定是一个极其出众的女孩,是一个美女!当初她怎么会嫁给爹的呢?爹比她足足大了十岁,还是那种老实得话都不肯多说半句的人!

“发么子呆?回家去!兴许你哥也回来了。”田蓝被娘的话一声喝醒,本来热得发红的脸一下子更红了。她有些愧疚地望望爹那黑瘦黑瘦、布满皱纹的面孔,不明白自己怎么会有那么奇怪的想法。娘为什么不能嫁给爹？爹是多好的一个人哪！隔壁花婶总说爹“心善得跟观音菩萨一样”！

“我暑假作业快做完了，你们歇歇，我留下来割禾。”田蓝说。

“你这死姑娘想气死我！就要升初三了，还割禾！还不给我回去！”

“是啊是啊，就要升初三了，回屋里念书去，禾我跟你娘割就行。”

哼，爹从来都是这样，只会帮衬着娘说话！

田蓝提着爹娘吃剩的空碗往回走，只觉心头堵得慌。抬眼看看，哪家的田头地里没有小孩子在帮着干活呢？特别是在这赶时如救火的收割季节。可偏偏她家，只看见两个老的在忙死忙活。两个孩子呢？一个到镇上的学堂看高考分数去了，一个则被成天关在家里念书——为着一年以后能顺利考入师范学校。这是娘给田蓝定下的硬性目标。

“蓝姑，送饭去啦？”田蓝抬头一看，是花婶，提着一个竹篮子，也是去送饭吧。田蓝点点头，没说话。

“你哥回来没？分数晓没晓得？”

田蓝摇摇头，仍没说话。

“你哥回来了叫他到田里帮着点！那么多地，两个老的哪忙得过来！你呢，也帮着点。大姑娘了，别太不懂事！”

田蓝急起来，说：“我是要留下割禾的，我娘她不让！”

花婶叹口气：“你娘那个性子，真是作孽！也不晓得图个啥？乡下人就这个命。她一天到晚拼死拼活的，两个伢崽倒养得像城里的少爷小姐，图个啥呢？”田蓝低下头，心里又难受起来。

在他们兄妹两人念书的事情上，娘从来都有着一种固执的甚至是可怕的决心。这是一种看不见的决心，但却坚硬无比，似乎任何时候都能触摸到它那铁榔头一样的冰冷的质地。谁也不知道这种决心从何而来。村里人有羡慕的，有不理解的，当然更有说风凉话的，娘一概不理不睬，我行我素。这是娘身上唯一与这块土地格格不入的地方。

哥哥田亮已经念到了高中毕业，这是十几年来村子里出现的最高学历了。花婶的两个儿子，都只念到小学毕业，现在已成了田里的好帮手了。可娘还不满足，她一定要哥哥拿一张大学录取通知书给她看看。至于田蓝，娘一再地跟她说她应当考上师范，穿上秦文姑娘穿的那种连衣裙，到县城里去念书。

三

娘是在一次到镇上赶集时见到秦文的。那时田蓝、秦文和同班的几位女孩一起在集市上闲逛，娘看到秦文时眼睛一亮。秦文松松地编两根辫子，穿一件雪白的直拖到脚腕儿的连衣裙，清纯得如同一个小仙子。

在田蓝喊过“娘”，另外几个女孩子依次喊过“阿姨”后，娘一把拉起秦文的手，说：“这姑娘真好看！叫个什么名字？”

秦文一边礼貌地笑着，说：“叫秦文。”一边轻轻地抽出自己的手。

田蓝站在一边，赶紧说：“娘，她是我们校长的女儿。”

娘一愣：“校长？秦校长？”

秦文奇怪地看着她：“你认识我爸爸？”

娘笑了：“秦校长啥人不晓得？他是我们这块儿的名人嘛。”

打那以后，娘就总是夸奖秦文长得好，懂礼貌，不愧出于知书达礼的人家。这些话田蓝却不是很爱听，因为秦文从娘手里轻轻抽手的动作一直令她有一种心痛的感觉。

田蓝是晓得娘认识秦校长的，因为哥哥复读的事，娘曾到学校去找过秦校长。当时田蓝曾为娘的举动感到震惊过。娘一个大门不出的乡下妇女，居然要去找校长求情！

娘翻出压在箱底的簇新的蓝竹布衣裳，换上干干净净的镶有一道耀眼白边的圆头黑布鞋，对板着一张惨白脸的哥哥说："只差两分，不要紧，再读一年就好了，再读一年一定能上。我去找你们校长，求求情，让你再复读一年。"

哥说："我不读了。你别去，谁会听你的！"

娘说："校长也是人，讲人情的。我好好求他，总会有用的。"

田蓝和哥哥都没想到，娘求情居然真的求成了！并且，还听说秦校长同意免收补习费！这真是天大的好事！

可是，娘却死活不同意。说人家校长同意复读已是天大的面子了，怎么能不交钱！我们乡下人种田种菜都有回报的，老师辛辛苦苦地给你补习，不给报酬怎说得过去！

田蓝和哥哥都觉得无话可说。因只差两分，哥哥田亮也不甘心就此放过，就交了一笔补习费，跟班继续学习了。

一年一晃就过去了，不知这次究竟会怎样呢？哥他究竟能不能考上？与花婶告别后，田蓝心绪不宁地继续往家走，远远地望见自家的门大开着，田蓝快步跑起来了。

"哥——"田蓝冲进屋，叫了一半，噎住了。只见哥哥田亮怕冷似的蜷着身子，双手抱头，坐在堂屋一侧的一张竹椅上。

田蓝的心猛地往下一沉，她扔下竹篮，冲过去使劲摇着哥哥的肩膀："哥，考上没？到底怎样啊？考上没？"

"又差两分……"哥哥了无生气的声音像是从阴冷的地狱传来。

四

昏暗的灯光下，一家人围着桌子悄没声息地吃着晚饭。田蓝有一下没一下地往嘴里扒着饭粒，一边偷眼瞅爹娘的脸色。娘的脸在灯下显出一点点的惨白，爹的一张脸则似乎更黑更瘦了。

爹咳嗽两声，期期艾艾开口道："考不上算啦，跟爹种田也一样啊。"

娘不说话，甚至眼皮都没抬一下。爹便闭了嘴，屋子里重新静下来，只剩下碗筷碰撞的轻微的声响。

哥丢下吃了一半的饭准备起身，被娘叫住了："亮伢崽，听我说，俗话说得好，事不过三。我们再考它一年，我就不信真是这个命！"

一家人全张大了嘴巴望着娘。

哥扭着一张脸，似乎要哭出声来："不！娘，您别再逼我！"

娘起身离座，进到里屋，拿了一个小布包出来，里面是破旧肮脏但却被娘抚得整整齐齐的一沓钱票子，十块五块的，一角两角的。

"钱的事你不要挂心，卖谷、卖菜、卖蛋、卖猪都能赚钱。亮伢崽，听娘的话，再读一年，事不过三！"

望着汗渍斑斑的一沓票子，田亮像是被毒蜂狠蜇了一下，他大叫一声："不！我不要家里的钱！我不想再补习，我能种地，能赚钱，别再逼我！"田亮跳起来，推开凳子，飞快地冲出家门，冲进了已漆黑一片的夜色之中。

"哥——"田蓝丢下碗筷，紧跟着冲了出去。

经过了整整一天日头炙烤的大地在夜的怀里终于渐渐平息了性情，重新变得宽厚而平和。风已略带凉意，唯有夏虫仍在不停地聒噪不休。

田蓝陪哥哥坐在村东头的河滩边上，看月亮在水里波光粼粼的样子，听水流默默流向远方的声音。

远远地传来了一阵拖着旧布鞋走路的踢踏声，是爹过来了吗？田蓝抬眼看时，正是爹含着烟秆走了过来。

爹坐在哥的身边，吸了两口烟，说："我给你们说个故事。"

田蓝和田亮同时抬起头来：爹居然还会说故事？

二十多年前，我们这儿除了山，除了田地，什么也没有。没有公路，没有电灯，没有收音机，更没有学堂。

上边派了一队文化人来扫盲，其中有一个小伙，个高，精神，嘴甜，会说话，姑娘媳妇人见人爱。山那边呢有一个姑娘，十六七岁年纪，模样俊，手灵巧，远近闻名，方圆几十里的小伙人人爱慕。他们一个教，一个学，两人很快就对上了眼。扫盲结束，文化人返城，小伙给姑娘留下了一大堆课本，他们相约：半年后姑娘到城里报考高级小学。小伙正是高级小学的先生。

不久，山外一户家道殷实、很有名声的人家进山求亲，他们的小儿子在一次集市上看到过姑娘，发誓非此女不娶，许下的彩礼照花了姑娘爹娘的眼睛。他们满心欢喜，一口应允，换了帖子，定了日期。没想到姑娘却死活不依。直闹了半年，姑娘打点行装，准备进城赶考时，她的爹娘才知晓真情。

爹娘拗不过姑娘以性命相胁，与姑娘约定：只此一天，看她的运气如何，赶上车是她的命，赶不上车呢，也是她的命，如果赶不上那就回家好好嫁人，永不反悔。

姑娘咬咬牙应承下来。第二天，她摸黑起床，挑了被褥衣物，以及先生给她的课本，赶几十里山路，来到山外的马路边。

这是贯穿邻省和本省唯一的一条通道，每天有一趟长途班车经过，时间一般在晌午前后。这里没有站，想要搭车，就得横下一条心站在路中央。碰上人不多，司机心肠又软，就有可能行得通。姑娘跟她爹娘赌的就是这个运气。

姑娘想好了，只要车来，她就连人带行李一起躺在路中央，下跪、磕头都行，只求带她走。没想到，姑娘一直等到天黑透了，除了附近公社的几辆手扶拖拉机，连班车的影子都没见着。

姑娘回到家已是半夜，没等爹娘开口，她就跪下了，哭着要求再给她一次机会。

爹娘本意是指望女儿好的，便退一步，答应了她。

姑娘不敢睡，稍歇了歇，带上干粮，挑上行李，又翻山越岭来到了马路边上。真是老天无眼，一直到天黑透，仍是不见班车的影子。

姑娘回到家大病一场，病好后就嫁了人。

事后她才听说，前一阵子因下大雨，邻省暴发山洪，冲断了路面，班车停开了两天。这两天，正是她在路边苦苦等车的当儿。而到第三天，车也就通了。

田蓝、田亮听得眼睛发直。爹的声音落下去好久，田蓝才想起来问："爹，那姑娘就是我娘？"

爹点点头。

"那，您就是山外那富有人家的小儿子？"

爹仍是点点头。

"怪不得娘老是说事不过三、事不过三……"哥哥田亮喃喃自语。田蓝则感到有热热的东西涌出眼眶，流到了脸上。娘，娘，你少女时代真的如此执着过，运气又偏偏这么不好的吗？

父子三人重新沉默了下来，任凭夏虫伴着流水声在空中划过。良久，田蓝惊醒过来，轻声问："那后来呢？"

"后来，有了你哥，再后来，又有了你。我和你娘拼死拼活干农活，日子却不知怎的也好不起来。再后来，我们这儿通了车，接着又办了学堂。这个学堂办得可不易，是费了好大劲才办起来的，出力最大的就是那个扫盲队的小伙。"

田蓝突然觉得心头电光一闪，她脱口而出："秦校长？那个扫盲队的人——他就是秦校长？"

爹吧嗒吧嗒吸烟，不再吱声。田蓝、田亮愣在那儿，也不敢再开口。

许久，爹站起身，在鞋帮上磕磕烟斗，磕出一些闪着亮光的烟灰，说:“你娘是个好人,心善,能干,要强。她总跟我说,她这辈子最大的心事,就是指望着有一天,能给你们兄妹俩办行李,送你们上车,看着你们坐上车进城去念书。亮伢崽,你真不想念书就跟你娘说清楚。别怨你娘逼你,她会心里不舒坦。”

爹说完,不再理会仍坐着发呆的兄妹俩,自顾拖着布鞋走了。

五

田蓝躺在床上,努力地闭着眼睛。

可是没用,她的脑子里像在烧着一锅滚烫的开水。娘平静而惨白的脸、爹木讷而劳苦的身影、穿着白色连衣裙的秦文以及她从娘手中抽出的手、依然有着年轻挺拔背影的秦校长……一个个人物和场景像走马灯一样在田蓝紧闭着的眼前晃来晃去,她头痛欲裂。

她真心地祈祷睡神快快来临,带她进入梦乡。她知道,等明天,一觉醒来,她就会结束自己以前在爹娘的庇护下一直过着的稀里糊涂的日子,而走向真正属于自己的生活。不管方式如何,也不管成功与否,她都必须这样做。

哥哥他一定也是在这样想的吧!

寄自邮局的『动物们』

我拎起那个小得没有理由叫包裹的东西，
看看上面确确实实是写着我的名字，
我失望和羞愧得差一点哭起来。

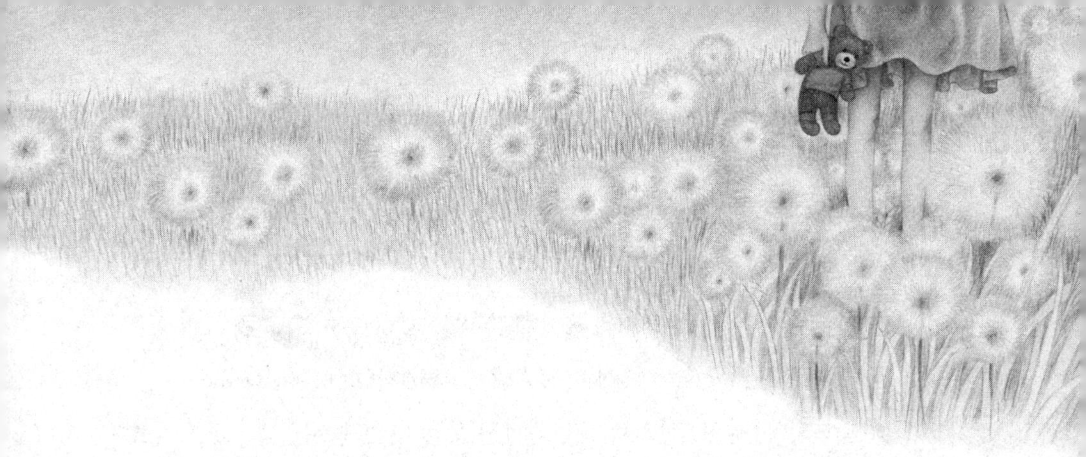

这是二十年前的一个故事了。

啊，别以为这是老掉牙的故事，不是，相反，这是一个非常有趣的故事，而最后，它会令你感动，并且会有一种奇异的感悟。

不信？往下看吧。

那时候，我们是一班刚刚升上初三的学生。我们的学校坐落在一座小镇子的入口处，我们每个人的家都隔得很近，我们朝夕相处，相互熟悉得要命。我们从来也没想到过，有一天，我们之中的一个会离开我们身边。

这是我们第一次见识离别——与我们朝夕相处了整整两年的钱帆，就要跟我们说再见，到一个大都市去了。

其实，钱帆本来就不是我们这个小地方的人。

这从她的长相就可以看出来。她的个子非常高——超过了我们班所有的女生和绝大部分的男生。她的皮肤白净得像一张图画纸。特别奇怪的是，她的头发是天然卷曲的，带着一点点微黄，松松地衬着她的精致的白脸蛋，有点像是外国电影里的女明星。

她的爸爸妈妈都远在外省的大都市里，怎么个大法，我们想象不出。只知道到那里要先坐长时间的大客车，再坐长时间的火车。

大客车我们是见识过的，出了学校门，往镇口走一点点，就是汽车站。那里每天都有大客车进进出出，不过我们很少有机会坐。

而火车，我们根本就没见过，那么长长的可怕的黑家伙，我们只在电影里偶尔看到过。

有时候钱帆会给我们讲她爸爸妈妈的那个大都市，讲那里的商场和电影院，还讲令人羡慕得想流口水的动物园和公园。

“商场里什么都有卖？有好几个屋子堆起来那么高？”

“动物园里真的有老虎，有大象，有猴子，还有熊猫？”

“公园里有滑梯？秋千？还可以看电影？”

有时候，我们会盯着这样一些细节拼命地追问。

“嗯，应该是的。不过说实在话，我也不太敢肯定啦。我记不太清楚了！”遇上我们较真的时候，钱帆就停下讲述，拧着眉毛想上那么一会儿，然后有点不好意思又有点抱歉地朝我们笑。

这个我们可以理解。我们自己也就有点不好意思又有点抱歉地朝钱帆笑。

事实是，钱帆很小就离开了那座大都市，她是过继给她的伯父伯母做孩子的，她的伯父是我们学校的副校长，而伯母呢是我们学校的数学老师，他们自己没生小孩子，便一直将钱帆带在身边。

到我们升初三的时候，钱帆的爸爸妈妈想将钱帆转到身边去念书了。因为他们想让她升高中时有更好的学习环境，这样考大学的时候就更有利了——在大城市里考大学，分数低一些，录取率也高一些，所以她的伯父伯母虽然舍不得，却也同意了。

我们大家当然更舍不得了，平白无故的，一位亲密的同学就这么着要离开我们！

可是，没人在意我们的感受，更没人来征求我们的意见！

我们基本上全班人都拥挤在小镇子与马路的接口处——钱帆将要在这里登车出发。

从来没有经历过的别离就这样近在眼前，以分钟来计算时间，我们频频地看两三位家境富有的同学手腕上戴着的廉价的电子手表，我们都流露出一种带着些许害羞的不知所措。

只有被送别的钱帆是落落大方的，她走到每一个同学的跟前，与我们所有的人一一道别，眼睛里流露着真诚的惜别之情。

等到她登上长途班车的一刹那，她的泪水流下来了！

车窗外站着的大多数女孩子也都不再害羞，任凭泪水痛痛快快地流下来，就让它来充分表达我们对两年多来朝夕相处的同窗的惜别之情！

等到汽车呜呜呜叫着发动的时候，钱帆已经哭成了一个泪人儿。

“记得给我们写信！”我作为一班之长，代表全班同学这么跟着汽车大叫了好几声。我的身后，是女同学呜咽成一片的哭声。

风将我的声音不知吹到了哪里。

此后的几天，这样离别的情绪一直笼罩着班级。钱帆是大家共同怀念的对象。

再往后，这样的离愁别绪就慢慢地淡下去了。

我们作为毕业班学生，已经充分感受到了即将到来的中考的压力。钱帆在我们的话题中，已经成了一个日渐淡去的身影了。

直到钱帆的信的到来。

钱帆的来信在本来已经平静如水的班上又一次掀起波澜。那时候我们是一群没见过世面的小镇上的孩子，一封外面大都市的来信足以让我们抛开书本，兴奋地围成大大的一圈。

我端坐在圈子的中央，严肃地用手慢慢撕开信封。信封上是写我收的，当然由我来拆，由我第一个读。

我看完第一页，翻到第二页的时候，不由得“啊”地大叫了一声。

早已在一旁等得不耐烦的翎子一把抢过信，大声读了起来。她读的是我刚刚翻到的第二页——

倩霓：猫，兔

翎子：狗，猴

陈兵：熊，熊

万建明：牛，牛

……

"啊,这是什么呀？"翎子惊讶得停住了嘴。

"什么乱七八糟的？"人高马大的体育委员陈兵伸出长长的手臂,一把将信从翎子手里抓过去了。

周围的同学都迫不及待地将脑袋伸过去。

他们看到的,是一整页的名单,全班54个同学的名字全部在上面,而每个同学的名字后面,都跟着两个小动物的名字！

我等着听他们"啊啊"的叫声。果然,几秒钟以后,我们这个大圈子"啊啊啊"地叫成了一片。

看到自己名字的同学，更是乱哄哄地大叫："我的后面跟的是马和羊！""啊,天！我的后面跟了两只老鼠！"

等他们一圈都叫完后,他们才想起我。他们一齐盯着我,问："班头,这是什么意思啊？"

我懒洋洋地接过信，翻到前面一页，指点着给他们看："乱叫什么啊！这里不是说得清清楚楚的？钱帆要给全班每位同学送一份礼物！礼物已经通过邮局打包寄过来了。这个名单嘛,是礼物清单！"

翎子首先惊呼："天哪！钱帆要送给我一只狗和一只小猴子？狗我会养,可小猴子怎么养？"

翎子的尖叫让大家呆若木鸡。

陈兵一副白痴一样的表情："啊？这么说，难道钱帆要送给我两只熊？这……这……不太可能吧？"

"有什么不可能的！"翎子气呼呼地反问,"钱帆那里不是有动物园？动物园里不是什么动物都有？"

翎子的话让大家再一次呆若木鸡。

翎子扫一眼大家，有点底气不足地嘀咕："我以前跟钱帆说过我想养狗，可我妈就是不让我养。"

见大家还没说话，这家伙又嘀咕："我以前还对钱帆说过我最喜欢的动物就是小猴子了！可是我从来没见到过真的小猴子！"

"行啦，别发疯了！"我发话了。

"就是嘛！"陈兵也回过神来，很不满地白翎子一眼，"怎么可能是活的动物？这么多活的动物怎么寄？翎子真是发疯了！"

翎子才不是轻易服输的人，她将一张长满雀斑的脸凑到陈兵跟前，咄咄逼人地说："不是真的那是什么？你说那些狗呀猴子呀的是什么？没看见信上写着送给你的是两只小熊吗？你不是在作文里写过你最喜欢的动物是又大又笨的可爱熊吗？"

陈兵在作文里确实提到过他最喜欢的动物是小熊。陈兵被翎子这么一咋呼，又变傻了。

我才不会被翎子的咋呼弄昏掉。活的动物？亏她想得出来！

钱帆的信在班上每一个人的手里传阅着，包括那些平日里最不起眼、在班上最没发言权的差生。

看着自己的名字被钱帆用不是很好看但异常工整清晰的字迹一笔一画写在信笺纸上，每一个人的心里都涌起一股奇特的感觉，这是完全不同于看到老师手里冷冰冰的点名册时的感觉，它使我们更加强烈地意识到，原来我们之间是有着这么紧密的关联的——我们都是属于同一个大家庭哪！

只是钱帆的礼物到底是什么呢？

这真是令我们大费脑筋，翎子的“活物说”当然早就被否认了（只有她自己还抱着一丝渺茫的希望，她太想看到一只真的小猴子了），我们基本上认为那些猫啊狗啊可能是一种玩具，布做的或塑料的。

可是，我们又不是小小孩，钱帆平白无故地寄这么多玩具来给我们干什么呢？而且，一百多只玩具，得要多大的包裹来寄呀！

这样的想象和猜测在我们之间疯长着，当包裹领取通知单终于到达我们手里的时候，我和翎子一挥手，雄赳赳气昂昂地带着体育委员陈兵和劳动委员万建明——班上两个最身强力壮的男生，一起奔赴邮局。

工作人员面无表情地接过我们的单子，看一眼，然后站起身，在靠墙立着的堆满包裹的一张长条桌子上翻了好一阵，递给我们一个只比我们的拳头大一点点的小包裹。

“这是什么呀？”我搁在柜台上的手抬都不抬。这也叫包裹？这么小的玩意儿怎么可能是我们的！

“错了错了！我们的是一个大包裹！”翎子冲着里面嚷嚷。

工作人员奇怪地看看我们，拿起单子重新对了一遍，一言不发地将那小包裹朝我们一扔，然后粗鲁地将翎子往边上一拨，大声叫道：“后面的！”

后面等着领包裹的人便一把将我们挤到了一边。

我拎起那个小得没有理由叫包裹的东西，看看上面确确实实是写着我的名字，我失望和羞愧得差一点哭起来。好像包裹出人意料地变得这么小是我的过错一样。

陈兵一脸严肃地从我手里夺过包裹，用牙一咬，再用手一拉，包裹拆开了——

天哪！我们看到了什么！

那个小包裹里包着的，原来是一些五颜六色的橡皮啊！它们被做成猫啊狗啊兔子啊小熊啊等各种动物的形状，在我们眼前散发出一片奇异而明亮的光彩。

这是我们第一次看到有颜色、有形状，并且还有香味的橡皮。在这之前，我们只使用过一种橡皮，就是那种千篇一律的白颜色的橡皮，它们千篇一律地被切成长方形或者正方形，千篇一律地散发着那种橡胶特有的有点呛人的气味。

包裹里面有一张纸条，我们能读出钱帆得意扬扬的表情："哈，这样的礼物，没猜到吧？第一次跟妈妈上街就看到了它们，我欢喜得都差点疯掉了。我妈和那个小店主人也差点疯掉了——我妈是被我吓疯的，她尖声叫道：你要买108块橡皮干什么！你下辈子也用不完的！小店主人是乐疯的，因为我把他店里所有的橡皮全买光了！"

啊，钱帆，钱帆，我们也要被你折腾得疯掉啦！可是，现在，你给了我们一份多么大的意外和欣喜呀！

我双手捧着这些寄自邮局的"动物们"，我的边上走着兴高采烈的翎子，我们的身后跟着两个同样兴高采烈的又高又大的"保镖"。我们一行四人仍然是雄赳赳气昂昂地回到了学校。

礼物的分发是在一节自习课上进行的，我为此特意以班干代表的身份征得了班主任的同意。

我拎着装动物橡皮的小包裹，翎子拿着钱帆写好的名单。钱帆真是一个好记性的孩子，她的名单准确无误地照座位表写下来，一个不错。我们从第一组第一排开始，翎子念一个名字，再念这个名字后面跟着的动物名，我就从包裹的开口处取出两块相对应的橡皮，郑重其事地放在他的桌子上。

我跟翎子一张桌子一张桌子地走过去。同学得到礼物，每说一声"谢谢"，我就注意地看他一眼。

我似乎是第一次如此近距离地跟班上的每一位同学接触，我第一次意识到，不管这个人成绩好，成绩差，活泼伶俐，或沉默寡言，他都是一个独立的、值得尊重的个体。

班上别的同学一定也和我一样深深体会到了这一点吧。

钱帆以自己难得的大气教我们认识到了这一点。

于是动物橡皮以一种鲜明的姿态留在了我的记忆深处。

以后，我工作了，终于成为了小孩子眼里的大人。那些小孩子是我姐姐们的小孩，她们讨好地叫我阿姨，然后说阿姨要送我们新年礼物的！

好啊好啊。这还不好办！

我来到大街上，进到各家文具店里，像一个老练的猎手那样搜寻着。

我在寻找橡皮，确切地说，是在寻找做成各种动物形状的橡皮。

嘿嘿，这就是我给她们的新年礼物。

如果她们嫌便宜，我就给她们讲发生在 20 年前的那个动物橡皮的故事。

她们一定会和我一样感动的！

并非青梅竹马

时不时有风将裙裾吹得一荡一荡的，
小黄花便像长了小脚一样
围着她的脚踝跳跃成了一片。

星期六的傍晚，家家都升起了炊烟，油香、爆辣椒的香味，甚至还有煎鸡蛋的香味，一阵一阵随着初秋的晚风飘来。

夏雨坐在门前长走道里的小木椅上，膝盖上摊着一本翻开的厚厚的书，双手支着下巴，正痴痴地望向远方。

九月的天气真是舒服透了，穿裙子也可以，穿衬衫长裤也可以，总是有风在你需要的时候随时吹来，不凉也不热。

夏雨穿一件白底子上缀满了黄色小花的棉绸连衣裙——这是妈妈为她上初三而特意做的，是第一件属于她自己的连衣裙，妈妈赶了三个晚上才做好呢。夏雨非常喜欢这些小小的有着许多花瓣的小黄花，它们挤挤挨挨、热热闹闹地开遍了她全身，有时会带给她一种非常特别的感觉。

像现在这样，一个人坐在周末的黄昏里，膝盖上摊着书，看累了，眼光便漫无目的地投向远方。时不时有风将裙裾吹得一荡一荡的，小黄花便像长了小脚一样围着她的脚踝跳跃成了一片。这时，夏雨心里慢慢地涌上来一股似感伤又似快慰的情绪。她不知道这是为什么,只是一味地沉醉在这样的一种氛围之中,一动不动地坐着。

“小雨,摆碗筷吃饭。”妈妈在厨房里的叫声唤醒了夏雨,她怏怏地答应一声,拿着书站起来。

这时,对面教学楼的那边传来了一阵杂沓的脚步声,还有男孩子的嚷嚷声。

夏雨迟疑地站住了。

不一会儿,教学楼拐角处拥出了一群男孩。夏雨一眼就看到了邓晓,他手里拿着一个辨不出颜色的肮脏的排球,平日白皙的脸蛋此刻红彤彤的。他旁边走着朱文和王勇剑,全是夏雨一个班上的,与夏雨一样刚刚升入初三才一个星期。

夏雨知道他们每一个人,连同他们的父母及家庭情况。因为他们的父母都在一所学校工作,夏雨身后的一排平房正是他们的家,她坐着的长走道,是大家公用的走道,他们每天来来往往的不知要经过多少回呢。

但夏雨已经很久很久没跟他们说过话了——不知为什么,一升入中学,每一个男生和女生都坚决彻底地划清了界线,从来不说话,见面也不打招呼。夏雨已经整整两年没跟王勇剑他们说过话啦,至于邓晓则更早,小学三年级就开始没说话了吧。

夏雨的父母们工作的这所学校建在前不着村后不着店的一座高高的山上,只有高中部。夏雨他们一直是在离家八里远的一座小镇上念初中的,平日住校,星期六下午才回家。

朱文、王勇剑老远看到夏雨,哈哈笑着在邓晓的肩头猛击两掌,然后跳着蹦着进了家门。

夏雨继续站在那里，假装没看见。

邓晓的家在长走道的另一头，他回家必须经过夏雨的身边。

周围空无一人，夏雨又一次将目光投向邓晓，正像刚上初中不久那个亮丽的黄昏他们无声约定的那样。

在邓晓的回视下，夏雨的脸习惯性地涨红了。她垂下眼睑，感受着邓晓一步步走近。

在擦肩而过的一刹那，夏雨突然第一次在心里狂热地盼望着能听到邓晓与她说话的声音，哪怕仅仅是一个字，只要一个字！

可是，没有。邓晓像所有完成约定后的往昔一样，垂下眼睑、一声不响、略显僵硬地走了过去。夏雨就这么背着身站着，听他的脚步声渐渐地走远，消失在走道的那一头。

小时候的邓晓个子很矮，专会搞恶作剧。有一次，他将一个点燃了的、呲呲冒着青烟的爆竹塞进夏雨的棉衣领口里。爆竹虽然没爆炸，却把夏雨吓得大哭了起来。邓晓的爸爸，这所高中学校的物理老师，把他狠狠地训了一阵，然后笑着对夏雨的爸爸——语文老师夏老师说："唉，真是一对小冤家！"

这话被在一旁玩泥巴的王勇剑听到了，他一跃而起，逢人便说："知道吗，夏雨和邓晓是小冤家，小冤家就是小两口，知道吗？"

那时候是小学三年级，三年级的小孩已经懂得"小两口"的大致含义了。夏雨又羞又气，此后看到王勇剑就瞪眼，看到邓晓则迅速地躲开。邓晓也急了，咬着牙跟王勇剑打了一架。

可瞪眼和打架都无济于事。直到小学毕业，关于“小两口”的传闻还一直在夏雨和邓晓的周围喧闹不休，甚至连家长们都知道了。可大人自有大人的肚量，他们才不当回事呢，只是一笑罢了。夏雨可不行，她总觉得心里被搁进了一点什么，这一点东西平常感觉不到，可只要一看到邓晓，心就有一种突然被拉紧的感觉，不知是在期待着什么，还是在恐惧着什么。

离家上了初中，开始了自己颇具独立性的寄宿生的生活，夏雨、王勇剑、邓晓他们突然有一种长大了的感觉。他们都非常自觉地、不约而同地将小学的一切留在了家里。在新的学校、新的环境中，他们从不公开回忆往昔，也不结小圈子，只有在周末回了家，小学的一切，特别是关于“小两口”的传闻，才在它诞生的地方被一遍又一遍地翻出来，像炒芝麻一样地炒呀炒。

升入初中的邓晓，像吃了增长灵似的突然蹿高了一个头，脸白白净净的，眼睛细细长长的，很文秀的样子，心里的鬼点子却并没减少。他好像不大爱坐下来看书，成绩总是在中游晃呀晃的，不上也不下——关于邓晓，夏雨知道的就只有这些，她没法知道得更详细，因为像班上所有的女孩一样，一到初中，夏雨就断绝了与男生的一切言语交流——其实她远在这之前就断绝了与邓晓的语言交往。

夏雨认为，邓晓在男生堆里并不是一个很出众的人，但自己心中的那点感觉却非常奇怪地随着初中生活的一步步深入而越发鲜亮起来。这可能和每周末经常性的“翻炒”有关，更与那个美丽的黄昏有关。

是什么时候的事呢？确切的日子夏雨已经记不起来了，只记得是刚升入初中的一个少见的亮丽的黄昏。是当时就亮丽呢，还是事后的回忆使本来平常的黄昏亮丽起来了呢？夏雨也已搞不清了。清晰地留在她记忆深处的只是在那么一个秋天的亮丽的黄昏，自己拿着一本英语书，走在校园里仅有的那条林荫小道上。夕阳透过微显黄意的枝叶一丝一丝地倾泄下来，像空气一样无处不在地环绕着她，平常人来人往的小道在那一刻却非常奇怪地空无一人。

这时，在小道的拐角处，像做梦似的，突然现出了邓晓细细长长的身影，也是披着一身的夕阳。

夏雨习惯性地想躲避，可刚成为中学生的那种自尊，以及一刹那间奇怪地变得耀眼起来的夕阳，还有小道上那不寻常的寂静，都成为一下子涌进夏雨脑海中的种种说不出的理由，促使她横下一条心往前走。

她感觉到有两道比夕阳更强烈、更耀眼的光落在自己的脸上，她的脸越来越热，越来越热。

终于，她猛地抬起双眼，忍住强烈的心跳勇敢地迎视邓晓的目光。仅仅只是一刹那，他们已擦肩而过。

没有一句话，夏雨心中那根绷得紧紧的弦却一下子松弛了下来，随之而来的是一种受到安慰或得到某种承诺似的轻松的心境。

在这么一个充满夕阳余晖的亮丽的黄昏定下的目光之约在他们之间一直持续了两年。只要周遭没有熟识的人，他们便永不失约地进行这种稍纵即逝的目光的交流，然后安心地走开。

他们从不说话，真的，从不。

在家度过周末的日子总是一晃而过。星期天下午，刚刚成为初中毕业班学生的夏雨该返校了。她快捷地量好够自己一个星期吃的米，带上妈妈炒好的一大瓶菜，迈着轻快的步子踏进了初秋温和的阳光之中。

穿过到处晃动着高大的高中男生和漂亮的高中女生的人影的大操场，夏雨拐上了门前一条直通自己学校的大马路。

她偶一抬头，突然发现邓晓背着肯定也装着米和菜的书包正在前面不远处一晃一晃地走着，西斜的日头将他的身影拉得长长的，投在他的身后。

夏雨站住了，朱文和王勇剑呢，为什么不见他们？以前返校有时也会碰上他们，但都是他们中的两个或者三个在一起。夏雨照例不跟他们说话，只是跟在打打闹闹的他们后面很安心地走自己的路。有时朱文或王勇剑会在老远的地方冲着她所在的方向莫名其妙地大笑几声，邓晓则一声不出。肯定在说我与邓晓的事，夏雨想。

夏雨正左顾右盼着寻找王勇剑他们的人影，人没寻着，当邓晓冷不丁回头望了一眼时，夏雨吓了一大跳。在这么一个远离校园的地方，家园及与其有关的故事以无比鲜明的姿态浮现在夏雨的脑海，目光的交流似乎一下子变得如此软弱无力，因为交流过后他们无法像往昔一样安静地走开，现在他们眼前有一条漫长的回校路，他们的方向一致。

就在昨天，夏雨还狂热地盼望邓晓能跟自己说话呢，哪怕仅仅是一个字。可现在，一阵不知所措的恐慌在心头涌起，想象中两人将在一起走的返校路是多么多么漫长啊，她只会用眼神与邓晓作面对面的、短暂的、无语的交流，她无法想象自己与邓晓将怎样打破无声的世界，而共同走完这么一条长得可怕的返校路。

感觉到快走到邓晓刚才站立的地方了，夏雨怀着一种绝望的心情抬起头来，可眼前哪里还有邓晓的身影呢？原来他早已拐上了左边的一条田埂小路，与夏雨走的大马路隔着一大片田地。他正边走边往大马路上瞧，直到确信夏雨看到了他，才放心地掉头往前走。

夏雨长长地松了一口气，同时心里又好像有一点点失落的感觉。

天边的夕阳正淡下去，淡下去，四周那长满了即将成熟的秋季稻谷的田野一片寂静，粗粒沙子铺就的马路笔直地伸向不知名的远方。路上没有人，也没有车辆。一刹那间，似乎天底下只剩下了夏雨自己，以及不远处走着的高高瘦瘦的邓晓。

他们就这样一前一后、一左一右地走着，直到进入他们学校所在的那座小镇。

而此时的小镇呢，已开始零零落落地亮起一点点昏黄的灯光了。

进入初三，男孩子们似乎都意识到了这是初中生活的最后一年，再不跟女生说话可就没机会啦！所以，几个星期过去，先是坐在后面的个子较高、年龄较大的男女生之间开始找各种各样的小借口说话，后来便渐渐蔓延到中排和前排。

到快放寒假的时候，夏雨也已经习惯于跟近旁的几个男生开口说话了。可是邓晓坐第五排，又与夏雨不是一个组，他们之间几乎找不到比如递本子啦、借笔啦、对答案啦等各种常用的借口进行接触。

随着初三生活的一步步滑走，夏雨心里越来越着急。她吃惊地发现自己已把能跟邓晓开口说第一句话看得比什么都重要，在她心中那似乎成了一项神圣的仪式。对这项仪式而言，一般的话题（比如递本子等）和一般的场合（比如挤满了人、充满了嘈杂声的教室等）已远远不适用。

也许应像她上星期在家里看过的一部小说中描写的那样，他们应该在一间有着宽大的茶色落地玻璃窗的咖啡厅里，在朦朦胧胧影影绰绰的灯光下开始他们的第一句话。可夏雨她们这儿还没有一家咖啡厅呢，而且她连“茶色落地玻璃窗”是什么样儿的也拿不太准。

或者，就像进入初三的第一个星期天的那个下午那样也可以，在暮色渐浓的返校途中只有他和她，田野和道路都一片寂静。但在夏雨此后的重复了一次又一次的返校路途上，却再也没有出现过同样的一幅画面。

夏雨无论如何也没想到自己与邓晓会是在那样的一种情形之下，开始他们中断了几年之久的第一句话。

是期末考试前夕，天越发地冷起来了，北风将教室外面的树枝吹得一天到晚劈里啪啦乱响一气，弄得夏雨她们在树下面走过时总是提心吊胆的。那是些早自习时需要亮着电灯的日子，这些亮着电灯的早自习通常被语文老师和英语老师所瓜分。

这天，早自习铃声一响，作为学习委员和语文课代表的夏雨便拿着书冲到了讲台上。她要给同学们报生字让大家默写，这是头天语文老师布置的任务。

教室里一下子安静下来，大家都习惯性地把语文书合好放在自己桌子的右上角，手上握着笔，抬头等着夏雨给他们报生字。

夏雨报一个字，停顿一下，等大家都写好了，再接着报下一个。

当报到一首诗的作者柯岩的"柯"时，夏雨听到几个男生在嘀咕："什么'柯'呀？"这其中有邓晓的声音。

夏雨禁不住抬起头来，见邓晓在周围几个男生的使劲怂恿下正高高地举着右手，眼睛闪亮地注视着自己。

夏雨一下子慌乱起来，想要不理，又觉得不对劲，这么多人都看着呢，搞得邓晓怪没面子的。

还没想好该怎么办，夏雨听见自己已脱口而出："干什么，你！"声音听上去凶巴巴的，夏雨自己都吓了一跳。

"'柯'字不会写！"周围同学的眼光使邓晓也横了心，同样凶巴巴地回答。

夏雨更慌了，毫无思考余地地突然改用一种听上去非常陌生而遥远的温柔语调说："'柯'字不会写吗？就是'木'字旁边加一个'可以'的'可'字呀，知道了吗？"

刚一说完，她立刻呆住了。这是小测验呀，算成绩的！自己这干的是什么事呀！

同学们讥笑的不满的目光从四面八方朝她射来，夏雨低下头去，眼圈已红了。

邓晓，邓晓，你为什么要为难我呢？你为什么要傻充英雄？

在这学期余下来的为数不多的日子里，夏雨的心情时不时地沮丧着。她怎么也不明白自己与邓晓的开口说话怎么会以这么一种近乎冲突的方式进行，而且是在众目睽睽之下！一切都猝不及防，没有浪漫，没有意境，更没有温情，有的只是难堪的回忆。这种回忆一日深似一日地刻在夏雨的心头，使她再也无法面对邓晓的目光。

在这样一些寒冷的、临近期末考试的日子，夏雨坚决地取消了已持续了两年半之久的目光之约，不是怨邓晓，只是无法忘记自己心里的失望和难堪。

初三下半学期，日子过得飞一样的快，各种各样为中考而准备的习题、试卷、课外作业铺天盖地而来。

夏雨没有被压垮的感觉，越是临近大考，心里越是有一种拼搏的豪情。

那场深刻心头的与邓晓的第一次对话，终于在这种一日忙似一日的氛围中被逐渐淡忘，目光之约不知何时又一次在他们之间默默达成。没有过多的温情，也不一定有深刻的默契，只是于无人处匆匆一瞥，然后各自安静地走开。

这种交换目光的机会也并不很多，邓晓似乎是第一次下决心在学习上用心，时常坐在教室里一动不动。夏雨看着书，心里有一种比交换目光更加踏实的感觉。

他们之间再也没有说过话（虽然夏雨跟班上几乎每一个男生都说过话了），似乎是不想再尝试，也似乎是没有很大的必要。

日子就这样一天一天过去，天气呢，也一天一天地热起来了。

当夏天炎热的气息刚刚逼近的时候，毕业考终于一晃而过，紧接着中考也终于一晃而过。

在那幢砖红色的教师办公楼前面的布告栏上，贴着一张红纸黑字、通报考生报志愿情况的大布告，夏雨看见自己的名字高居第一，报的是省立重点中学。她默默地往下找，看到邓晓的名字，他报的是县立重点中学。

其实在此之前，同学之间基本上都已清楚各自报的志愿了。夏雨在填写志愿的一刹那，心里曾奇怪地掠过一个固执的念头：邓晓报的应该与我是同一所学校。后来听别人说他报的是县重点，夏雨没去找邓晓证实，也没想到要他改志愿，更没想到自己应该改志愿。她只是在心里莫名其妙地抱有一份含混的企盼。

初中生活的最后一段日子就在这样一种似在意又似不在乎、似有所企盼又似一无所求的状态中迅速滑走。

现在，站在布告栏前的夏雨盯着两个名字后面不同的学校，心情似乎变得有一点点忧郁起来。

七月的一个天气炎热的午后，阳光很强烈地在头顶照着，站在树荫里的夏雨被洒了一身细碎的光片。她穿着去年夏天妈妈为她上初三而赶做的那件开满了小黄花的连衣裙(现在裙子已有些显短了)，就这样披着一身光片在布告栏前静静地站了一会儿，正准备转身离去，身后突然响起一个被眼光长久地阻隔在外的陌生的声音："你报的是省重点吗？"

是邓晓站在她身后，正含笑看着她。

"对。你报的是县中？"夏雨听见自己用一种意想不到的安静的声音回答他，同时还展颜一笑。

“以后可以与你通信吗？”

“当然可以。不过我还不一定能考上呢。”

“你肯定能上。我考县一中大概也差不多吧，我后半学期一直在拼命用功。”邓晓说。

谈话就这样进行了一会儿，同样没有想象中的浪漫，当然也没有上一回的尴尬，一切都正常得不能再正常了。在离开邓晓返回宿舍的路上，夏雨的心不再有失望的感觉，她甚至有一点点高兴起来了。

也许他们之间本来就应是这样，是什么使他们远离开来，而同时又在背地里使用一种古里古怪的交往方式呢？是关于“小两口”的传闻？是那个美丽的黄昏的独特气息？或者是那条返校路上一反常态的寂静？似乎都是，又似乎都不是，也许仅仅是他们处在这种莫名其妙的年龄吧？

夏雨却没想这么多，在等待通知书的那些炎热的日子里，她变得一天比一天开心。现在她能随时跟邓晓他们一起玩了，打牌、下棋、到同学家去串门，甚至外出爬山。不过她与邓晓没有单独相处过，也就没有对那似乎变得很遥远的目光之约进行过谈论。夏雨在耐心地等待着，也许在她离家上高中接到邓晓的第一封信中就会谈论，也许是在高中快毕业时，再不，也许就是在进了神秘的大学之门之后吧？

谁知道呢？不过夏雨坚信他们终有一天会谈起，会怀着一种可笑而又感动的心情谈起，那时他们一定长得够大了！

初离家门

黄昏特有的温柔气息总是如约地扑面而来，
令我安静，
并令我无端地感动。

一

初一暑假一开始，我就对自己说，两年以后报考省立重点中学。

现在，我就坐在省立重点中学高一（1）班的教室里，我优秀的成绩帮我圆了这个梦。但我不快乐，真的，一点儿也不快乐，我不知道情况会是这样。

我们的教室宽敞明亮，桌椅板凳摆得整整齐齐。今天是星期一，下午第三节课照例是班会课。班主任姚老师站在讲台上，用她那好听的嗓音总结着上周的种种情况，我听得有些心不在焉。

开学都快一个月啦，可我似乎还一直处于一种游离的状态。这真是一种奇怪的状态，以前的我从来没有经历过。我不知道该怎样才能将自己融入这一全新的环境中去，变成以前的快乐自信的我。除了高离，没有人认真关注过我的存在。其实高离也只是到校的第一个周末来看过我一次，没进我们寝室，而是将我叫出去，站得远远的，问我“东西都弄好啦？习不习惯”，等等，好像真的像爸爸说的，在“多多关照”我一样。

我是一个来自乡下的女孩，对于这个，我一点都不在乎。可我万万没想到，班上八位女生中，我是唯一一个来自乡下的。当然啦，班上四十位高高矮矮的男生中，也有一些来自乡下，但那和我有什么关系呢？三年前进入初中时，我们女生就不和男生说话啦，何况现在还是高中呢。

不过关鸣不管这些。她敢随时脸不红心不跳地找男生讲话。关鸣是我们班的文娱委员，她的家就在省城里。坐上那种有着两节车厢的长长的公共汽车，只要二十分钟就可到她家。这是关鸣自己在寝室说的，我们都没去过。关鸣是一个热情如火的女孩子，喜欢穿各种各样的红裙子。看得出，班主任姚老师是非常喜欢她的。

我也是一个非常热情的女孩，当然，这是指以前；现在呢，不知怎么搞的，我觉得自己变得非常内向并且拘谨。我很不喜欢自己的这种莫名其妙的新形象，但外界的一切似乎都在逼迫我这样做。真的，只需举一个例子——

我和关鸣是邻床，上学的时候我总喜欢招呼她一声。她呢，有时说你先走吧我还没好呢，有时干脆装作没听见。而过一小会儿，她总会快乐地叫一声：“吴念秋，走吗？”看都不看坐在床沿等待她的我一眼，而吴念秋与我们隔了好几个床位呢。吴念秋是县城里来的一位乖巧可爱的女孩。

对于这些，开始我并没在意。但后来情况总是这样，我的心便有一些刺痛。我开始一个人走路，上学、放学、吃饭等，都是我一个人。望着自己小小的身影孤单地映在各种各样的路上，我想，关鸣她们为什么这样对待我呢？是不是因为我是一个乡下女孩？是不是这样？这样的想法真是令我害怕，我不知道乡下女孩怎么了，她们为什么不愿跟我在一起。我开始有些后悔起来，后悔当初没听爸爸的话。

我的爸爸是我们村子里的小学教师。我虽然是一个女孩子，但爸爸还是毫不犹豫地让我报考了高中，这使得我们那一带所有的女孩子都羡慕万分。她们最好最好的出路是上师范、上一些专科学校、上技校，考不上就回家种田，等着嫁人。进高中，考大学，这是一条遥远而不保险的路，我们那儿的家长们才不愿为一个女孩子冒这个险呢。我确实是一个非常幸运的乡下女孩。不过当时报志愿的时候，爸爸是不同意我报考省重点的，他想让我报县高中，可我不听，这是我第一次不听爸爸的话。我不甘心自己做了两年的梦一下子就被断送掉。面对爸爸突然变得陌生、严厉的表情，我执拗地甚至是悲壮地填上了省立重点中学那神秘而美丽的校名。

我能以高分一举考上省重点，看得出爸爸还是非常高兴的。不过开学的时候他没去送我，我想这一定和家里的经济状况有关。爸爸不同意我到省城念书，主要也是因为这个（爸爸没说，但我知道）。家里境况一直不大好，但究竟不好到什么程度，我一点都不清楚。爸爸妈妈商量钱的事情时，总是背着我们孩子的。

我是跟邻村的一位男孩一同上路的，他就是高离。爸爸将我当成一个贵重包裹一样，很郑重地交付给高离，请他“多多关照”。我觉得很好笑，高离也就比我大了三岁呀，不过他在我们那一带很有名。两年前高离上初三，我上初一，我们在同一所乡中就读，那时我不认识高离。直到他中考时报考省重点，考出全县第一的成绩，教育局到乡中来表彰他，我才看清楚他的长相。

临近盛夏的一个午后，有炙热的气流在全身滚过，操场边的野草和野花疯长着，夸张地显示着一种磅礴和热情。在全校师生的瞩目中，高离披着一身夏天的亮晶晶的阳光，高高地站在领奖台上。阳光有些刺眼，他眯缝着眼睛，面向操场，沉静而腼腆地微笑着。这个有着炙热气流的夏日的午后一直留在我的记忆深处。暑假第一天，我换了一个新日记本，在第一页，我用大得有点走形的字体写道：记住！两年以后报考省立重点中学！

二

我现在的这种游离状态，大概和我到校第一天的情景有关吧。

那天下午，我一跨进寝室门，就被一大片惊异的目光包围着——我吃力而笨拙地拎着我的几件小行李，傻瓜一样立在门口。高离只将我送到离宿舍楼还有一小段路的地方，说“你自己进去好不好，有什么事再找我吧”，就转身跑开了。我静静地站着，使劲克制着想叫住他，让他陪着一起进去的欲望，目送他的身影消失在拐角处。我站立的地方是一条窄窄的水泥路，旁边有一些粗大的、有着长长枝条的垂柳。小路尽头的那幢三层的老砖房，就是学校的女生宿舍。大门口，有穿着花花绿绿衣裙的女孩子进进出出。我又站了一会儿，终于拎起铺盖卷和装了几件衣物的小木箱，磕磕碰碰地进了宿舍大门。

首先反应过来的是一位胖胖的、有着满头鬈发的中年妇人，后来我知道她就是关鸣的妈妈，是一位很能干的什么副主任。她见我傻乎乎站在门口，叫起来："你是新来的同学吗？哎呀呀，怎么就你一个人？"

我一下子涨红了脸，结结巴巴地说爸爸妈妈都有事，走不开。

这时走过来一个女孩，说："你是江耘吗？就缺你啦！你的床铺在这儿，和我邻床。需要帮忙吗？"女孩有一张白皙的脸，身穿一件鲜红鲜红的束腰连衣裙，她就是关鸣。

关鸣毫不掩饰地打量着我和我的几件寒碜的小行李，我又一次红了脸。我穿着一件毫不起眼的圆领衫，下身是一条灰色的长裤。在我们那里，只有小镇上的一些女孩才穿连衣裙呢，像我们这些放下书包随时都有可能要干活的农村女孩，一般都是穿长裤的。

在我的新同学和她们的爸爸妈妈一片闪闪烁烁的目光中，我开始笨拙地铺床铺，挂蚊帐。本来我可以做得很麻利的，简直是小事一桩嘛，根本用不着麻烦老爸老妈们。但那一片目光使我难堪，并第一次有一种孤独凄凉的感觉。

离家的滋味就是这样的吗？

我心里有些怪起爸爸来。我知道我不该怪爸爸，但是如果这时爸爸或妈妈在我身边，帮我整理床铺、清理杂物，而我，只需像关鸣她们一样，在旁边递递抹布、钉子什么的，装出一副大惊小怪、什么都不懂的样子，或者蹦到别的同学的铺位边去，就蚊帐、被子、准备贴到墙上去的小装饰，或者别的随便什么东西，胡乱发表一通自己的看法，然后快活地大笑几声，那么，我以后的日子是不是会好过一些呢？

三

开学第三天举行的摸底考试给了我一个全新的信念。我的成绩在全班排名第三，在女生中排名第一。公布成绩的那天，我的心第一次像放飞的小鸟一样，快活得像在一刻不停地唱歌。对于一个学生来说，成绩总是最重要的，何况我们还是省重点呢。我想，我的处境也许可以稍微改变啦。

那天中午，我有点激动地坐在自己的床沿上，偷偷看关鸣整理书包准备上教室。今天她也许会叫我一起走吧？会不会呢？应该会的吧？我一手抓着放在床上的书包带子，随时准备弹起身来，跟关鸣（或她们中的任何一个）迈着那种有弹性的、青春的步子，一路叽叽喳喳着朝教室奔去。

关鸣已整理好了书包。她已将书包挎上了左肩。她已迈动了步子。她已跨过了我的身边。鲜红的长长的裙裾飘起来了，在我腿上扫了一下，随后快速地朝门口飘去，一下子就隐没在门的那一边。

我低下头去，有些麻木地继续倾听着其他同学收拾东西的各种各样的声响，倾听着各式轻柔的或急促的脚步声从我床头响过，一一消失在门外长长的、有些潮湿的走道里。

寝室终于静下来了，静得我能听到自己的心跳声。快上课啦，我告诉自己。我终于拎起书包，跨出了寝室门。锁门的声音使我忍不住颤抖了一下——在寂寞的、空无一人的楼道里，它听上去是多么多么响亮啊！

我的成绩并没有给我带来意想中的好运气，相反，我似乎比以前更孤独了。其余的七位女生好像对我的成绩排在她们所有人的前面不大高兴，我有时甚至能感受到一丝敌意。在这种人为的、显而易见的冷淡、甚至漠视面前，我真是一筹莫展。我最喜欢的时候是在课堂上，这时我不用去理会外界的一切，我只需全身心地沉入到知识的海洋中去。各种各样的新知识像海水一样漫过我的全身，令我快慰，并令我满足。可下课的铃声在寂静无声中响起，就像一串不祥的音符，一下子就敲碎了我一时的沉迷。看着别的女孩子三三两两招呼着，急匆匆奔向食堂，我心里总是非常难过。我真不明白自己为什么一定要在乎这么一些微不足道的生活细节，一个人走两个人走有什么区别呢？还不是一样上学吃饭吗？而且，现在是高中生啦，用不着像初中女生那样恶心兮兮地勾肩搭背。我一个人在路上走时，总是对自己说这么一些话。这种时候，我真是想家啊！

公布成绩的同时，班主任姚老师开始正式任命班干部。关鸣被任命为文娱委员，我什么也不是。我一下子觉得非常不习惯。那几天我一看见关鸣心里就不高兴，因为从小学开始，“文娱委员”一直是我的专利。关鸣嗓子根本就没我好，就说上次团队活动课吧，她教我们唱歌，音调稍微高一些就唱不上去，只好改用低八度，我们所有人也只好改用低八度，结果唱得有气无力，特没劲。那一刻，我差一点就要冲上去代替她。

我知道自己一定在嫉妒关鸣，我确实嫉妒她，真的，她的命怎么就那么好呢？什么都不用费劲似的。我一点也不喜欢自己的这种心态。我并不喜欢去嫉妒别人，可我还是忍不住去嫉妒，而且我还忍不住去一个劲地追究这样一个问题："姚老师为什么不让我当文娱委员而让关鸣当？"肯定不是功课方面的原因，好像与工作经验什么的也无关。难道仅仅因为我是一个乡下女孩而关鸣是省城里的姑娘吗？是这样吗？我不知道是不是这样，但我找不到别的原因。

这件事一直像一块沉重的石头一样压在我的心头。在远离家园、远离父母的这个陌生的地方，我变得就像一只胆小的耗子，成天生活在小得说不出口却又无法忘怀的种种琐碎的忧虑、烦闷之中。只有高离，是唯一与家园有关联的人，可是他……唉，不说也罢！

四

一晃，星期六又到了。我喜欢星期六，特别是放学以后的星期六的傍晚。一周的紧张学习终于告一段落，我可以心情很好地走在回寝室的路上——是的，一个人，心情也很好。黄昏特有的温柔气息总是如约地扑面而来，令我安静，并令我无端地感动。我喜欢这样的气息，并喜欢路上所有背着书包来来往往的女孩子。可这个星期六的黄昏，却始料不及地第一次伤害了我。

我是一个敏感的女孩子，有时一个眼神、一个手势、一个陌生的剪影，或远远的一帧风景，都有可能一下子深深地触动我。我容易被感动，也容易受伤害。这个黄昏对我的伤害，正是源于一个不经意的眼神，是源于班主任姚老师的一个眼神。我没想到它对我的打击是如此之大，我一个人苦苦构筑起来的心理防线一下子全部崩溃。面对那个脏兮兮的小池塘，我流泪了，这是我远离家乡、独自一人到这个陌生的地方念书以来第一次流泪。我咬着牙，痛下决心放弃自己的梦想，抛弃这里的一切，回到我熟悉的、宽厚而温馨的家乡去。

这是初秋的一个美丽的黄昏，夕阳涂满了整个天空。我们班八个女生站在操场边，整齐地一字儿排开，一边往嘴里扒着饭粒，一边兴奋地叫喊着——操场上，我们班男生正在与(2)班进行篮球比赛呢。这是我们进校以来举行的第一次年级活动，所以大家都非常兴奋。男孩子跃动在夕阳下的身影显得异常鲜明而生动，围观的人群发出的一阵一阵的呼喊声惊飞了树上的鸟儿，在操场上空形成一股热烈的、无所不包的气浪。我早已深深地沉入这样一种带着集体温情的、自己非常熟悉的氛围之中，入学以来的形单影只在这一刻一扫而空，刚才买饭时的那一点点小尴尬，更是被我抛到了九霄云外。那是每天都会经历的一点小尴尬：我总是掠过各色炒肉片，而选定最廉价的一种炒素菜。我不大敢乱花钱，怕万一有什么急需。比如学校突然通知我们统一购买运动服，我就正好将身边积攒下来的一笔小钱抵上去。我不想老麻烦家里。可是，如果我知道半个小时以后会是这样，我是无论如何也不会省这一次的！我怎么知道姚老师会来呢？我怎么知道呢？

我买了一份素炒豆芽，就站在了操场上呐喊的队伍中。我们班一位小个子男生突然高高弹起，像充足了气的皮球一样，一个漂亮的远距离投篮，中啦！我们班女生一下子像疯婆子一样叫喊起来，欢呼声足足持续了三分钟。

这时，我看见了姚老师，她正从操场的一角向我们走来，确切地说，是向我走来（我愿意认为是这样）——我站在班上女生队伍的最边上。

姚老师是一个非常非常有风度的女人，她已人到中年，却仍有着姑娘般袅娜的身材。她喜欢松松地编一根独辫，穿一袭长长的素花的衣裙，像一片云一样，在教室里飘来飘去。她很爱笑，一笑起来一脸的灿烂，真是说不出的动人。

我们班的女生都非常喜欢她，关鸣还时不时在她面前撒娇，就像姚老师是她妈妈似的。每当这时，我总是静静地站在一边，羡慕地看着关鸣她们跟姚老师亲如一家地谈笑风生，想象着十年二十年以后，自己是不是也能变成一个像姚老师这样风度翩翩的女人。

现在，姚老师正远远地款款走来，我不知怎么一下就注意到了。姚老师也看到了我，脸上浮起一丝笑意。我脸有些红，使劲朝她笑着。我的心莫名其妙地咚咚跳了起来。我从来没有像关鸣她们那样和姚老师亲如一家地聊过天，而现在，机会来了。这夕阳，这跃动的场景，这热闹的、亲密的气氛，都告诉我机会确实来了。

姚老师已近在咫尺，我抿了抿嘴唇，刚要开口叫她，却见姚老师快速地朝我碗里溜了一眼。我溜到嘴边的话一下子噎住了，只笨拙地举着碗筷，站在那里，看着姚老师优美地侧转身子，朝关鸣走去。那边关鸣早已娇脆地叫起来："姚老师！"

五

我第一次体会到“残阳如血”是什么意思，在我眼里一向温柔的、深入人心的夕阳怎么真的变得像鲜血一样呢？它们横一条竖一条的，胡乱涂抹在天空那灰白灰白的面孔上。我躲在校园的一个少有人迹的角落，蹲在一个脏兮兮的、无人问津的小水池边哭泣。并没有发生什么大不了的事情，我一再地对自己说，可是没用，眼泪还是一颗接一颗往下滚，跌得到处都是。

渐渐地，天边的血迹淡下去了，淡下去了，四周一片灰暗。

我的脚早就蹲得麻木了，可我不想动。麻死好啦，反正活着也没劲。

突然，身后响起一个声音：“你一个人待在这儿干什么？”

不用回头，一听就知道是高离的声音。这下我可找着发泄的对象了。都怪他，考什么省重点，还披着一身阳光站在台上领奖，还眯缝着眼睛，而且，还笑！我想都没想就很不客气地对他说：“用不着你管！我想回家！”

高离没在意我的不礼貌：“是想家了吗？”

我说：“不是‘想家’，是‘想回家’。我不想再在这儿待下去了，我要回家去念书！”

高离说：“咦！你怎么和我两年前一模一样？”

什么？我一下子站起身来，转过脸去。

高离很难得地笑起来，说：“两年前，我刚到这里来的时候——我穿得还不如你呢；每个人都看不起我，班干也没我的份，也没人肯跟我说话，而我的成绩很好，我真想不通。那时我也爱一个人躲到这个角落里来，想着回家。注意，不是'想家'，而是'想回家'！"高离又笑了一笑。

我顾不上理会他的笑，我都有点听呆了。

"后来，一个高三的男生跟我谈了一次话，他也是从乡下来的。他说：'别认为一切都对你不公平，千万别这么认为。你来自农村，这注定你要比别人经受更多，这是现实。不要问它公不公平，你只需把它当作一种现实，然后加以接受就可以了。'这是他的原话，我记得清清楚楚。"

一时间，我们都沉默了，听得见秋虫已开始在周围试探性地叫起来。

突然，高离有些紧张地朝右边望了望，我扭头一看，有两个男生在那边散步，正探头探脑地朝我们张望呢。

这下高离要溜啦，我有些幸灾乐祸又有些扫兴地想。

果然，高离说："时间不早啦，我先走一步。"话音未落，他已转过身子，落荒而逃。我忍不住笑起来了，这是一个多么好玩的大男生啊！

夜风已略有凉意，我走在回寝室的路上，看着路灯下自己的影子慢慢地向前延伸。它爬过了一段小石子路，又爬上了一条小水泥路。水泥路上有横着的一根树枝，影子映上去，折了一折，很快就又平展了。慢慢地，影子淡下去了，淡下去了，最后终于完全消失，而我已站在了灯火明亮的宿舍楼门口。

一片湖

她立刻觉得这些湖水、荷花、
石凳都是属于她的，
她应当拥有这一切。

“我和你妈妈的意思是你第一志愿还是报中专。”

早晨起来，夏雨清脸都没来得及洗，就急急忙忙问爸爸，爸爸眼睛闪闪烁烁地给了这么一句很正经的回答。

夏雨清初三该毕业了。上星期六下午的班会课上，班主任让他们每人带了一张志愿表回家，说要征求完家长的意见后再填。夏雨清觉得读高中和读中专都是过于遥远的事，她根本就不想现在作出选择。就是抱着这种态度，当爸爸问她自己的志愿时，她回答说：“我随便。”

夏雨清听了爸爸的回答，她知道这是爸爸妈妈昨晚商量了一夜，多方权衡利弊后作出的决定。虽然她不知道这当中有什么值得考虑的，但她知道昨晚爸爸妈妈很晚很晚才睡。

中专就中专吧，反正还是很远的事，夏雨清这样对自己说。但是慢慢地，她隐隐感觉到了一点点失落感，另外，还莫名其妙地伴有一丝淡淡的委屈。她开始设想如果爸爸妈妈让她报考高中她会是怎样的心情。

在星期天下午整理东西准备返校时（夏雨清在离家八里的小镇上

的一个初中部学校寄宿)，她听里屋爸爸对妈妈说："小雨是不是不高兴了？要不还是让她读高中吧？她脑子不错，读中专怪可惜的。"妈妈的声音："你也不看看家里……还是让她早点读完书工作吧。"爸爸叹了一口气，妈妈也叹了一口气。

夏雨清心里突然非常别扭起来。她现在知道了爸爸妈妈昨晚商量的就是这个，而最终的决定还是让她读中专。

开头感到的那一丝淡淡的委屈现在越来越沉重地压迫着她，她觉得自己就要哭出声来。

夏雨清到校后，同学们都在彼此询问对方报的是什么。当听到夏雨清很勉强的回答时，全场哗然。老师知道了，很关心地找到她问："你不想上高中读大学吗？"夏雨清说："我想早点出去工作。"老师摇摇头走开了。夏雨清咬着嘴唇，她觉得老师和同学都瞧不起她。

表格马上就要上交了，夏雨清陆续知道班上有三个同学报了省立重点中学。

星期三下午，吃过晚饭后，夏雨清和一群女孩子在学校右侧的小草坪上跳皮筋，省立重点中学突然以比任何东西都更清晰的身影出现在她的脑海中。她丢下伙伴恍恍惚惚来到一棵老柳树下，眼睛盯着校园周围矮矮的一圈围墙。

在她眼前舒缓而灿烂地展现的，是一片碧绿碧绿的湖水，湖水中忧郁地在荷叶间伫立的荷花，以及湖岸草丛里半隐半现、充满浪漫情调的长条石凳。这一切都如此真实，如此亲切。她立刻觉得这些湖水、荷花、石凳都是属于她的，她应当拥有这一切。

夏雨清扔掉不自觉地抓在手中的柳树叶子，一口气跑回教室，从抽屉里翻出志愿表，拿起橡皮对着“中专”两字狠命地擦，直到擦出一个大洞。在破洞上方，她端端正正地写上了“××市第一中学”几个字。

这星期剩下来的几天日子，夏雨清在迷迷糊糊中过完。那片湖一直在神秘莫测地注视她。初二暑假的一天，爸爸曾经对她说：“小雨，想考××市一中吗？那可真是个好地方，三面都是湖水，湖里还有荷花呢。”夏雨清认真点点头，又慌忙摇摇头，莫名其妙地羞红了脸。

那一天一过她就把这事忘了，爸爸也把这事忘了。谁也没想到那片湖却一直藏在她记忆的最深处。这就是我遗失了的东西吧？想起填报中专时自己的那一丝隐隐的失落感，夏雨清这样想着。

又是星期六了。

下午班会一完，夏雨清回到寝室，迅速将空了的米袋子、菜瓶子和几件换洗衣服塞进书包，迈着轻快的步子踏上了回家的小路。她家在一座高高的山上，那儿有一所新建的仅次于县一中的中学，她爸爸是校长。

走着走着她突然想起家里人谁也不知道她改了志愿。也就是说，她在一刹那间把爸爸妈妈认真商量了一夜的结果，把家人希望她能早点出去自己糊口的希望，把两个妹妹能早几年穿上漂亮衣服的可能性一橡皮全部擦去了，擦得不留一丝痕迹。

夏雨清第一次意识到这一点，她惊呆了。

她慢慢地在小路边一块大石头上坐下。太阳早已落山，布满天际的是红彤彤的夕阳。周围的一切都一动不动,没有一丝声息。夏雨清清楚地听到了自己的心跳声,她突然觉得万分孤独。

晃晃悠悠爬完一个大山坡，老远就看到学校大门口站着爸爸和两个妹妹。夏雨清心里涌入一股温暖。只要爸爸没事,他总要带着两个妹妹在她回家的那天到路口来接,而妈妈这时候一定在家里做饭。

等她走近,爸爸高兴地说:“小雨,又给你借到一本好书,赶快回家看去。”这也是惯例。每到星期六,爸爸必定给她借好一部小说或一本杂志。中国二三十年代大部分优秀作品她都是在初中读完的。她当即决定把原来打算一到家就说的改志愿的话放到晚上临睡前再说。一时间她真希望自己没干那件荒唐事,真希望交上去的志愿表填的还是中专。

一直到临上床了夏雨清还不能决定该不该在当晚告诉家里。最后她叹了一口气,决定还是明天下午离家返校时再说。

第二天下午妈妈给她装好两瓶菜,她自己量好够一个星期吃的米。背上书包临出门的一刹那，夏雨清突然转过头来嘟囔了句:“我改志愿了。”随即又迅疾而坚决地加上一句,“是××市第一中学。”说完就紧咬了嘴唇,一动不动地站在门口。

爸爸妈妈惊讶地看着她,又互相望了一眼,就一齐走上前来。

爸爸语调有点苦涩地说:“你想读高中我们不会反对，我们也想让你读高中的。我们这儿的高中不好,但县一中还是不错的。对吗?”

不对,县一中没有湖水,没有荷花,没有石凳。夏雨清仍然咬着嘴唇站在那里,她一句话也说不出。夏雨清是外婆带大的孩子,外婆的小屋里有孤独,有敏感,有神秘,还有很多童话。早已去世的外婆和她的小屋一定给夏雨清留下了很多看不见的东西。

妈妈扶着她的双肩说："好了，小雨，先上学吧。这个以后再说。"夏雨清点点头，缓缓转过身踏入了阳光中。她知道爸爸妈妈一定仍在看着她的后背。

日子一天天过去，夏雨清照常在星期六下午回家，星期天下午返校，爸爸和妹妹们照常到大路口来接她，爸爸照常给她借好书放在屋里等她回来看，妈妈照常在她返校前给她做好菜装在瓶子里。

但是夏雨清仍然感到家里有一股怪怪的气氛。在这种气氛中，夏雨清觉得自己的一举一动都非常别扭，她又觉察到了自己的万分孤独。家里人谁都不提她升学的事，爸爸妈妈跟她说话也是一副怪怪的样子，一种混合着怜悯、同情和责备的神情。

等到她开完了毕业晚会，和同学拍了照，留了言，和几个好朋友搂着痛哭了一场之后回到家里，日子过去了快一个月，那一股怪怪的氛围才逐渐消失。

夏雨清又恢复了以前那种淡漠得近乎麻木的状态。她一天到晚只是看小说，或者是与妹妹及邻居小孩们跳皮筋、跳房子。上高中还是上中专，不，现在应该是上省立重点中学还是县立重点中学，这些问题一下子离她又非常遥远了，她根本懒得去想，她也无法具体去想象，她眼前的一切都是模糊的。

突然有一天，她在外面听说了她的分数，她的分数比省立重点中学的录取分数线高出 40 分。一刹那间，沉寂了许久的那片湖又在她心底剧烈荡漾起来,她又一次明确意识到自己必须拥有那一片天地!她不顾一切地往家跑,一头撞进爸爸妈妈的房间。

正在看书的爸爸和正在缝补的妈妈被她的样子吓了一跳。问清她的分数后,爸爸满意地拍了拍她的头,妈妈满面笑容地说:“小雨真聪明,晚上给你煮鸡蛋吃。小雪要向姐姐学习。”

刚进初中的夏雪清朝姐姐做个怪相,轻声说:“考取了也去不了。”夏雨清心里装满了欢乐,根本没听到妹妹的话。

省立重点中学的录取通知书终于梦幻般地到了她手里。夏雨清双手接过爸爸沉默地递给她的普通牛皮纸信封,庄重而急切地抽出里面两张印满了铅字的大纸,连看三遍后自豪地说:“我们学校还有五天就开学呢。”当意识到自己不自觉地用了“我们学校”几个字时,她很快就羞红了脸。

她抬起眼望望爸爸,突然呆住了。只见爸爸和不知何时也站在她身旁的妈妈脸色都非常难看。

她蓦地忆起了一切,忆起了中专和高中的选择,忆起了那个黄昏小路上的孤寂,忆起了笼罩家里很长一段时间的怪怪的气氛和爸爸妈妈对她的怪模怪样的态度。她慢慢低下了头。

爸爸艰难地开口道:“小雨,你听我说。不是我们不想送你读书,那地方实在太远了,你才十四岁,家里实在放心不下。我已替你联系好了,县一中同意接收你,还会将你编入重点班。你能不能就在县中就读!”

夏雨清双手紧攥录取通知书,垂下眼睑顽固地沉默着。她能鲜明地感觉到那片湖水在她心里跳跃动荡,她闻到了荷花的幽香,她看到自己正拿着一本书坐在湖边草丛里那笼罩着浪漫情调的长条石凳上。

耳边又响起爸爸的声音:“实话告诉你吧,小雨,家里实在是没有能力供你上那种学校。你知道家里五口人全靠我一个人的工资维持生活。我又太要面子不肯让你妈到街头去摆小摊。你知不知道每个月你妈是在怎样计算着用钱?”

夏雨清泪眼婆娑地抬起头来。她心里其实早就知道这个,可她就是不愿去想。她在选择的过程中总是会突然显得很冷漠,其实就是因为她什么也不愿想,她宁愿保持冷漠也不愿这么快就匍匐在现实面前。

现在,她再也不能够欺骗自己。她看到了爸爸粗硬的黑发中过早出现的白发,在从窗口射进来的阳光里闪闪烁烁,看到了妈妈那曾经美丽丰腴的脸上只剩下裹着骨头的苍白粗糙的皮肤,看到了围绕在周围的两个妹妹身上陈旧的衣裤和床上已经洗得辨不出颜色来的被褥。心中湖水的喧哗声正在沉寂下去,沉寂下去,她再也没有勇气挽留它。

爸爸看着女儿的脸,心里针刺般难受。这个女儿性格有点特别,身上似乎有某种属于未来的东西。他一直小心翼翼地对待她,尽量按照她的意思行事,尽量满足她的即使是偶然流露出来的各种要求,他希望能帮助女儿一直维持她心目中某种神圣的东西。

但这次他却无能为力了。

在他权衡半宿后,终于作出让女儿考中专的决定时,他心里一直有一种做贼心虚的感觉。后来女儿自己那么突然地将志愿改成了高中,他并没有想要发火,而是长长地松了一口气。他以为女儿又做起了大学梦,他实在没料到是自己一年前无意中在女儿心里留下了一片湖。

他声音有些沙哑地继续说:“小雨,你现在年龄还小,爸爸实在不想跟你提这些,可我没有办法。县一中的教学质量很好的,去年理科全省第二名还是那儿的一名女孩子呢。你姑姑家又在县城,她会很好地照顾你,这样我们也放心些。”

“知道了,爸爸妈妈,我就上县中吧。”夏雨清很快地说道。感觉到眼睛里又有什么东西要溢出来,她一转身冲出了屋子。妈妈起身要追,被爸爸一把拉住了。

夏雨清拿着录取通知书来到山脚下她经常洗衣服的小河边，在一棵大树底下有一块很大的红红的岩石，河水在那里形成了一个很深但清澈见底的潭。夏雨清坐到岩石上,盯着那一潭碧绿的水出神。

我心里也有这样的一潭水吧!

夏雨清一下一下慢慢将通知书撕成了很小的碎片，将碎片一片片轻轻地放入潭水中。

小纸片在水里打几个旋,很快就流出了小潭,随着活泼的溪水流向不知名的远方。

也许它们会到达那片湖呢,夏雨清这样想着,心里有点高兴了。考大学时我一定要考到一个有湖水的地方去,夏雨清对自己说,觉得心里轻松了许多。

天边夕阳很好,站在山腰上,还能看到远处小溪里闪着夕阳余晖的白白的小纸片——夏雨清相信那是她的小纸片。

阳梅，我们擦肩而过

那一刻，
我有一种幸福的眩晕，
恍如回到了我与阳梅最最要好的
单纯美好的时光。

一

长途班车开始在山道上盘旋而上的时候，我借口头昏，不再理会阳梅想要倾心交谈的愿望，心安理得地闭上了眼睛。

高考终于像梦一样地结束了，我们的高中学业终于完成了。在长久的令人窒息的复习氛围中，我曾经向往得心尖发痛的轻松和狂喜并没有如期而至。一切的感觉都是淡淡的，就像是刚刚完成了一次单元测验。

我想，这一切都跟我和阳梅的一个约定有关。现在，我正在完成这个约定：带阳梅到自己的家乡去玩一次。

这既是在完成一个约定，也是在了结一件重要的事情：我决定以此作为一种正式的仪式，借以断绝我和阳梅高中三年的友情。

我一直非常重视“仪式”或是“形式”之类的词汇。我喜欢给一些有重大意义的事件披上这样一件外衣，它们会使事件变得更加浪漫或者更加郑重其事(这要视事件本身的性质而定)。

我知道我的心很痛。换了任何一个女孩子,要下决心亲手结束与自己的一个最最要好的朋友的友情,谁都会心痛的。但我不让自己的情绪沉浸在这样的一种痛里面,这会使我容易失控。我尽量使自己的语调和动作保持在一种最漫不经心、最自然的状态,我满面带笑地对阳梅说:“嗨！记得我们的约定吗？明天就跟我上路如何？”

刹那间爬满阳梅脸上的惊喜是无法形容的，我猜她一定以为我会假装忘掉我们之间的约定,在我们之间发生了这么多的事情以后。她有些结结巴巴地说:“噢,真……真的吗？那真是太好了！”

我垂下眼睑,不去看阳梅脸上流露着的真诚的欢喜和歉意。

二

跟阳梅的要好始于高中生活刚开始不久的一个周末。

我们的学校是一所市立重点中学,它的生源一半来自本市,一半则来自下面的各个县。我与阳梅即来自不同的县城,我们都住校。

我没料到周末洗澡的人会如此之多，原定一个小时完成的清洁任务整整耗费了我两个半小时的时间。出了浴室,外面已是月上柳梢。憋着一肚子气回到寝室，忍不住对见到的第一个半生不熟的面孔大骂这该死的学校:“还市重点呢,这么破的设备,害得我饭也买不到了！”

“哎呀！你没叫人带饭吗？周末洗澡的人最多啦。我这里有芝麻粉，你先吃上一点可好？”

我还没好意思答应，女孩已经麻利地打开了自己的柜子。

这个女孩当然就是阳梅。

在芝麻粉加开水调和而成的芝麻糊的芳香中，我与阳梅的友情正式开始生根发芽。

我与阳梅不在同一个班级，我在(1)班她在(2)班，但这并不妨碍我们的友情之树像夏天的野草一般疯长。与阳梅的交往越深，我便越发在心里认定这是上苍送给我的一位真正意义上的朋友。因为在阳梅身上，我看到了两点我最看重和迷恋的东西：淳朴的内心以及积极向上的精神。

其实，在我们这所重点高中，积极向上几乎可以说是每一个人都具备的基本素质，只是，每人向上的方式各有不同，有一些方式是很可怕的。比如坐我前排的女孩向岚，她的理科成绩非常好，但她不放心，很怕别人赶上来了，所以她经常找各种借口趁别人不在的时候去翻人家的抽屉，甚至床头，我们猜她大概是在检查别人的参考书或学习心得什么的。还有萧杏，(3)班的大名鼎鼎的漂亮女班长，据说她能一直保持在班级前十名的手段之一是：趁最后交卷子的那一会儿混乱，手眼协同作战，将快速扫描到的别人的选择题答案飞快地写到自己的卷子上。

“真无聊！”我有一次忿忿地对阳梅这么说。

阳梅有一会儿没有接腔，然后她说：“管她们呢。”

在需要评价别人的时候，阳梅一向是这样小心又谨慎的。这一点曾让我有点扫兴。我是一个性情激烈的人，要么这样，要么那样，不太会控制自己的情绪，特别是在自己的好朋友面前。但阳梅有一次却这样评价我："你聪明，但有时候很简单。"这句话简直让我大吃一惊。简单，换一种说法其实就是愚蠢，聪明而又愚蠢，这是什么意思？

三

在客运站，爸爸妈妈以空前的热情迎接我们的到来。妈妈亲热地拉着阳梅的手，就像阳梅是她的又一个女儿："你就是阳梅吗？欢迎到我们家来做客！妮妮一直在信中提到你的。她说你是她最好的朋友呢。"

阳梅的脸红起来，眼睛带着笑望向我。我没有接她的目光，我拉着爸爸的手，夸张地叫起来："哇！爸爸，你怎么越来越年轻啦！"

我承认我是故意这样的，我不想让阳梅产生任何误会。

我的小房间里，已经摆好了另外一张小床，这当然是给阳梅准备的。我突然之间对自己的决定感到有点后悔。我还得与阳梅，这个如此深深伤害了我的友情的女孩，装模作样地在一起共度几天的时间（到底住几天呢？这当然得由阳梅决定，我自然是希望越短越好）。对于我这样性情的人来说，这真是一种痛苦的煎熬。

四

现在我要说到洛汶。

洛汶是高二（6）班的一位市区女孩。本来我与阳梅都不认识她的。

高二文理分班的时候，我与阳梅都选择了文科，这样我们就都到了高二(6)班，而洛汶成了阳梅的同桌。

我一直很奇怪，怎么每一个班级里都会有这样的女孩子：长得漂亮乖巧，为人处世圆滑世故，学习成绩再不理想，也每次都有办法让所有的老师一直对她宠爱有加，并在各科大小不一的考试中获得一些直接的好处。洛汶正是这样的女孩子。

我知道，阳梅和我一样，在心里是根本看不起洛汶的。因为害怕那种八面玲珑的性格，我对洛汶这样的女孩一直有一种本能的拒绝。可是，当我发现阳梅越来越多地与洛汶在一起，有时甚至超过了与我在一起的时间时，我感到了从未有过的恼火。

我承认这首先是嫉妒。我不愿意自己最要好的朋友拥有除自己之外的另外的朋友。而更重要的一点是，我无法理解阳梅为什么会与洛汶要好。我清楚地知道她是根本看不起洛汶的，她与洛汶之间至多只应当是泛泛之交。

我直截了当地质问阳梅。

阳梅微笑地看着我，试图淡化我满脸的严肃："你总是这样直爽。"

我没理她，继续一脸严肃地等着她的回答。

阳梅轻微地皱了一下眉，为不得不回答我的问题："我知道洛汶不是那种可以交心的朋友，但她有她的长处。跟她在一起能学到很多东西。"

我的嘴巴张得很大："学什么呀，她的成绩那么糟糕！"

阳梅踌躇了一下，说："与人交往的技巧。"

我听见自己的心里轻微地咯噔响了一下。这一次我很聪明地没有再作声。我第一次看到，阳梅原来也有着这么有心机的一面。

我不让自己再在这个问题上纠缠下去。我告诉自己，这很正常，并且我也应该学着一点儿呢。

就这样，我们的两人世界变成了三人世界。我能够感受到阳梅在我与洛汶之间做着平衡的努力。

五

爸爸给我寄来了一大摞的教学参考书。爸爸是我们县教育局的一名小科员，弄点教学参考书易如反掌。其中有一本《高中地理概念详解》对我最有帮助。我们的地理老师有点糟糕，要不就是我不太能接受他的教学方式，反正地理课我是越听越糊涂，而这本书的讲解比地理老师的讲解清楚多了。

阳梅听说后，便把书借去看。"这本书真的很好。"阳梅的口气听上去非常羡慕。于是，在我不学地理的时候，阳梅就会将这本书借去。而在阳梅不看的时候，书就会到洛汶的手里。我需要用了时，再向她们两个人讨回来。

我知道自己心里有点儿烦。高三的时间这么紧张，而我却要为使用本来属于自己的一本书费这么多的麻烦。但越是这样，在向她们讨书的时候我便越发小心翼翼。我很害怕自己不高兴的情绪被她们看出来，大家都是这么好的朋友，而我却为这么一点小事计较，是不是我太小气了?

地理课本上有一些课后思考题很难，老师说这些内容不一定要掌握,因为它们属于教学外的范围。但我不放心,万一高考题中有类似的题目呢?而且多掌握一点东西总是好的。所以我就自己做,有一些拿不准的,就拿出来与阳梅一起讨论。在我们这个文科班,我与阳梅一直是成绩很好的。有时阳梅会很清楚地给我讲解,有时她会说不知道,这时候我便只好等着问老师了。

一次自习课,我离座到阳梅座位上去时,发现她正在看我那本书最后几页的地方。我很奇怪地轻声问她:“我们的课还没上到这后面呢,你在自学啊?”阳梅将书一下子合起来,略有些不自然地说:“随便翻翻,看着好玩呢。你是要书吗?”

我摇摇头,与她说了几句别的话,回来了。

当天晚上上晚自习时，我突然想起阳梅不自然的神情，心里很好奇,便将书讨回来,随手翻到了最后几页。就在我的目光漫不经心地扫上去的时候,我差一点噎住了——猜我看到了什么?那最后的几页,居然是所有课后思考题的参考答案!

我感觉到心里的火苗呼的一下蹿到了脑门上!

阳梅一定早就知道这些答案的存在了,并且一直在看这些答案,而她也早就知道我不知道它们的存在,她居然会一直不告诉我!

而我这个大笨蛋,自己的书上有答案居然会这么长时间都不知道!

我的第一个反应就是冲过去质问阳梅。

当然,我没有这样做。这样做是需要很大勇气的,我抹不下这个面子。我只是趴在桌子上，听任自己的心里翻江倒海。

“聪明而又简单。”原来阳梅对我的评价是这样恰如其分！在即将来临的高考面前，在旗鼓相当的竞争对手之间，友情又算什么？真正的朋友又如何？

我的心痛得缩起来。

那几天，我的心情变得很糟糕。一点点小事情，都会惹得我言辞尖刻。洛汶说：“夏妮妮你好像吃多了辣椒呢。”我横她一眼，才懒得理她。

我希望阳梅也说我吃多了辣椒，这样我就可以直接与她吵起来。可每次她都只是很宽容地看看我，一声不哼。不仅如此，那几天她对我简直是太好了，我借故作业没做完，不与她们一同上食堂，她便拿了我的碗，直接替我把饭端到教室里来。我值日扫地，她便替我把开水打好。我来例假肚子痛，她又替我冲好一大杯红糖水，像妈妈一样端到我的床头。

我万分惭愧地接过那一大杯冒着热气的红糖水，在心里叹一口气：也许，归根到底，还是我太小肚鸡肠。也许阳梅并不是有意要对我隐瞒答案。即使是有意的，那也只是在高考大棒之下，偶尔冒出的一种奇怪的心理罢了。

阳梅对我这样，说明她非常珍视我这个朋友，正如同我珍视她一样。

我放下了这个疙瘩，与阳梅重归于好。

六

我家所在的县城外围流淌着一条美丽的护城河。这条名叫修河的护城河是我以前一再得意地对阳梅提起过的。这条河里流动着的水清澈美丽得令人疑惑——即使在深达数米的地方，仍然能清晰地看见静悄悄地躺在河床上的红红白白的鹅卵石呢。修河的东岸（也就是靠近县城的一边）有一大片白色的沙滩，沙滩上四处可见巨大的青石块。

我和阳梅就坐在河边一块长条形的青石上。

夕阳西下时的修河是夏日里最忙碌、最快乐的地方。很多很多的大孩子小孩子在河里玩水，很多很多的女人在河边洗衣服、洗菜，到处是一派欢声笑语的热闹景象，只有我和阳梅之间是沉默的。

其实我并没有沉默，我正在很开心地笑看着不远处的两个小孩子打水漂。

她们是我两个姐姐的孩子，正处在最喜欢得到夸耀的年龄，所以她们扔一块小石子，便回过头来朝我们嚷一句："小阿姨，你看我又打了3个！"我便不停歇地表扬她们："真能干！"空当的时间，我便向阳梅介绍："这就是修河，它流经好几个县城，最后经鄱阳湖注入长江。"

这正是我最想要的效果：既可以尽地主之谊，又避免了与阳梅的单独相对，所以我不厌其烦，特意拉了两个小家伙同行。

事实上，我一直在破坏所有我和阳梅有可能单独相处并进行谈心的机会。前面说过，履行以前许下的一个诺言，并借此结束我们之间的友情。

阳梅表情淡然地将视线放到河对岸的群山上，不再试图与我进行交流。以她的聪明，我相信，她已经明白了我的意思。

这样很好。

七

一次周末，家住市区的洛汶没有回家。晚上，阳梅睡到了在上铺的洛汶的小床上，她们两人嘀嘀咕咕地说悄悄话，一直说到半夜。

我心里非常难受。这样亲密谈心的行为，是本应当在我和阳梅之间发生的，我不知道为什么会换成洛汶。而且，我还非常想知道她们到底在说些什么，是否与我有关。后来，我是在对自己“你真无聊”的责骂声中迷迷糊糊睡着的。

第二天是星期天，洛汶回家去了，我与阳梅背着书包上教室。我尽量表情放松地走在阳梅的身边。我觉得让她看到自己耿耿于怀的样子会很蠢。

还好，阳梅主动挑起了话题：“昨天晚上在洛汶床上，我们主要是谈论交友的问题。”

我看阳梅一眼，等着她说下去。

“我一直很想知道洛汶交友的原则。她说，她的原则是对她有利的她就倾心交往。以前的班上她有两个朋友，一个成绩很好，一个班级工作做得很好。洛汶说跟她们在一起，自己学到了很多东西。”

我太惊讶了，以至于忘了愤怒："对她有利的就交往，她真的这样赤裸裸地说？"

阳梅反问我："那你觉得应当是怎样的？"

"我……"我张张嘴，一时无法接话。我从来没有从"原则"这么深奥的角度去考虑过交友的问题。我只希望自己的朋友是真诚而充满善意的，当然，我还希望她比较聪明。

阳梅不再理会我，她自言自语地说："洛汶是一个很神奇的人。我觉得她比我们要成熟很多。"

"我才不要她这样的朋友！"我忿忿地接话。

"做洛汶的朋友还不容易呢。她选择很严格的。"

我一口气噎在喉咙口，无法再说话。我再一次触目惊心地意识到，走在自己身边的这个人，怎么变得这么陌生了。

或者，是我太幼稚了，以至于跟不上她们成长的步伐？

谁能回答我这个问题？

我们三人还是时常走在一起，只是，我已经沉默了很多。

八

爸爸妈妈买了电影票请我和阳梅看电影。

看电影是我们在学校时很少拥有的奢侈享受呢。晚饭桌上，我变得兴高采烈。看得出，阳梅也很高兴。在去电影院的路上，我们甚至手挽着手走路。那一刻，我有一种幸福的眩晕，恍如回到了我与阳梅最最要好的单纯美好的时光。

可是，我在电影院门口遇到了以前初中时最要好的朋友睫和潇，我们已经整整一年没有见过面了。

“夏妮妮呀，夏妮妮呀！”她们一人拉着我一只手，高兴得有些语无伦次，“跟我们坐一起吧，我们三个人挤着坐好不好？”

我有些为难地看着阳梅。

阳梅的表情又一次淡起来：“我不要紧的。你跟她们去吧，老朋友难得见面的。”

爸爸正要开口（他一定是要表示反对），我赶紧说：“那就麻烦爸爸妈妈暂且代劳陪一下阳梅，我看完电影就来找你们。”

挤在睫与潇之间，我们一直不停歇地说话，一直说到电影开始放映。之后，我便有些坐卧不安了。我在想，自己的做法是不是有点太过分了，不管怎么说，阳梅是自己请来的客人。

这场电影，我一点也没有看好。影片的最后一个镜头刚刚定格，我就匆匆地站起来，匆匆地与睫和潇告别，匆匆地找到爸爸妈妈和阳梅。

我看不出阳梅的脸上有任何表情。我突然想起，在临近高考的最后几天，我的脸上也是这样的——面对阳梅，我已经没有了任何表情。

九

事情的起因是高考前不久举行的预考。

我与阳梅的成绩本来不相上下，一般占据班上的二、三名（第一名每次都是一个男生，我们的班长）。预考时，我们班全数通过，我仍然是第二名，阳梅却跌到了第五名，洛汶更是跌到了倒数第三名（平时考试，洛汶一般是中游水平）。公布成绩的那天课后，我小心翼翼地走在她们两人的身边。我心里本来是很高兴的，但我知道自己此刻不能流露出来，并且，我应当安慰她们，可我不知道怎么说才会显得不做作。

三人沉默地走了好一段路，我才冒出一句："还好是预考，无所谓的，通过就可以了。"

没想到洛汶立刻接话，说："谁说无所谓！你不知道前三名可以获得推荐的资格吗？阳梅这一次真是倒大霉了！"

阳梅紧闭双唇，一言不发。

阳梅有两片很薄的嘴唇。我最害怕她将它们紧闭起来的样子。这时的她坚硬得就像一只刺猬。

在高三最后这一段紧张得空气好像都要爆炸的日子里，阳梅就一直是这样的一只刺猬。她身上所有的刺都指向我，以及我们的友情。

我不知道该拿阳梅怎么办，该拿我们长长三年的友情怎么办。我们仍然是走在一起的：上食堂，上教室，回寝室，甚至上厕所，等等。这已经成为了一种习惯。可天知道我心里是多么紧张，我得时刻忍受我们之间突然降临的沉默或是话中带话的言语，我还得忍受洛汶有意无意的推波助澜。我已经丝毫感受不到友情的快乐和纯净，相反，我的功课复习已经受到了影响。有时看着书，我会突然跌入情绪的低谷之中。

有时我会很疑惑地想：阳梅对我是不是也是一样的感觉？我们这样究竟还有什么意思？这样的友情有没有必要再维持？

接下来发生了一件事。

这件事对我而言本来是一件天大的好事。有全国重点大学到学校来“挂钩”了。我在被推荐之列。虽然不是直升，但挂了钩，只要考分上线了，该校就会录取你。

我心里非常高兴，可惜没有人来与我分享。

因预考失利，阳梅没有得到推荐。我都有点不敢看她的脸色了。

那天第四节课后，我小心翼翼地叫她去吃饭，阳梅垂下眼睑不作声，我只好站在一边傻傻地等。过了好一会儿，洛汶才冷冷地说：“我们要先到寝室去一下。”

我一个人拿了碗往食堂走，有一种要昏倒的感觉。以前理科班的同学从后面赶上来，拍拍我肩膀笑着问：“咦，怎么今天你一个人啦？阳梅呢？”我无力地朝她笑笑，说不出话来。

打好饭回到教室，坐下刚吃了两口，阳梅和洛汶端着碗进来了。

我在心里倾听着她们的脚步声。我希望这脚步声是朝我而来。以前每次吃午饭，我们几个都是围坐在一张桌子边吃的。

这时我才知道，在心里，自己原来还是很在乎阳梅的。

脚步声果然朝我走来了，我带着笑抬起头来。

她们两人并排站在我面前。阳梅板着脸：“你还欠我五毛钱吧？”

“什么？”笑容在我脸上迅速地凝固。

阳梅开始算账。什么大前天是她出的饭票，前天是我出的，而昨天有一半又是她出的。我不知道具体的数目，我只知道最后的结果——我还欠她五毛钱。

周围有几个男生在看热闹，脸上带着一点笑。

我脸红心跳，开文具盒拿饭票的手都抖了起来。

阳梅，阳梅，你真的要将我们的友情置于死地吗？以这样可怕的一种方式？你真的不惜当着这么多人的面解剖我们长达三年的情谊，而它最终就只值五毛钱？

我脸上的表情一定很可怕，阳梅将五毛钱饭票接过去时脸上已经有了一点后悔的神情。够了！后悔或不后悔，已经与我没有关系了。

我将碗里剩下的饭菜全部倒掉，冲好碗回到座位上。然后我蹲在桌椅之间，一边理书，一边流泪。

这时我们早已不再上课，所有的时间都是自己安排复习。我决定将需要用的书全部搬回寝室去，自己就在寝室里复习。

我再也、再也不愿意与阳梅同行。

在高中生活的最后几天，我就一个人在寝室和食堂之间独来独往。有时路遇阳梅，我就朝她点点头。这时，我的脸上不带任何表情。

十

洗好澡躺在床上，突然有了一种与阳梅谈心的冲动。

我们之间本来不应当是这个样子的。我们的本性很接近，我们应该可以成为很好的朋友，成为书中说的那种真正心心相印的朋友。其实我们本来也是很好的朋友，可事情为什么会弄到这个地步？

是谁在控制着这一切？是外界的因素，还是不成熟的我们自己？

真的就这样放弃？我心里突然有了一点隐隐的不安。也许，我应该再做点什么？

“刚才的电影你觉得如何？”我主动挑起话题。

“唔，还可以吧。”阳梅的声音听上去睡意朦胧，“对了，我想明天回家。谢谢你的招待啊。”

我一下子坐了起来：“明天回家？”

“对。在你们家打扰了这么多天，很不好意思。现在我想早点休息。睡不好，明天坐长途班车要头晕的。”

我知道，阳梅已经不再愿意与我谈心，就像我以前做的那样。

我闭上眼睛睡觉，但我睡不着。黑暗中，我能够听见阳梅时不时小心地翻身的声音。

我们就这样各自躺在自己的小床上。我们两人都没有再说一句话。

十一

第二天一大早，阳梅不顾我和爸爸妈妈的一再挽留，执意坐上了回家的长途班车。我久久地望着车子消失的方向，心里充满了忧伤。

我本来不应该忧伤的，一切都如我所愿——我以一种自己希望的方式亲手结束了自己中学时代的一段情谊。可我为什么这么忧伤？

有泪水慢慢地爬出了眼眶。

阳梅啊，祝你一路顺风吧！

迈味的初恋

山间这样的小湖泊并不少见，
奇怪的是这个湖泊边上
停了一架竹排。

一　组成出游队

大学的第一个暑假快要来临之际，我与迈味开始策划到哪儿去放肆一回。第一个没有课本、没有作业、没有任何压力的长长的假期啊，不出去玩一趟简直是天理不容。

“我要去桂林呀我要去桂林，但是我现在有时间我却没有钱。”唱完这句歌，我用手势阻止迈味急切地想要接唱的愿望——迈味非常热爱唱歌，宣布：“不能到太远的地方去，最好能离我老家江西近点儿，我好节约点路费，顺路回家。”

迈味哼一声：“这可不由你，得集体决定。”然后她雄心勃勃地说，“咱们得抓两个男生一道去，可兼任挑夫及保镖。”

“可惜我们两个人都不够标致，加在一起还不知吸引力够不够。”

“我一人的吸引力就够啦！”迈味气吞山河。

没想到，仅仅三天以后，迈味还真的抓来了两个男生，而且是学神秘的天文学的。他们一胖一瘦，一高一矮，很像港台警匪片中导演故意安排的一对搭档。他们并排坐在我们拥挤的寝室中，略微有些不自在的样子令我一下子就很喜欢他们了。我一贯有一种偏见：学理工科的男孩子要比学文科的男孩子更实在，更令人放心。以后要谈男朋友，我就找理工科的。

在这一点上，迈味与我很有同感。“瞧我们班那帮男生，轻飘飘的没半斤骨头！”在没有男生在场的时候，迈味经常这样评价倒霉的中文系男生。“不过，”她又说，“我可不想找男朋友，理工科的也不找。我一个人活得高高兴兴的，干什么要找一个臭男生来烦人？”

瘦高个的程阳和矮胖个的易甸是迈味在操场进行她雷打不动的晚间锻炼时结识的。

迈味的晚间锻炼很奇怪——每晚十点整，她一身运动装，意气风发地冲出寝室门。半小时后，她回来了：一手拎着塑料袋，里面装着一盒全脂鲜牛奶和一小袋饼干；另一只手高举一块肉饼或两串羊肉串。所有这些东西是她的消夜，迈味自己称之为“体能消耗补给品”。

有时我忍不住问她：“迈味，你到底是去做晚间锻炼了还是去逛超市了？”迈味便会急着将她汗气腾腾的额头凑过来：“铁证如山！”

一个学期即将过去，迈味的晚间锻炼取得了两大成果：体重增加4千克和伙食费严重超支。

不过现在，又有了第三大成果：为我们的外出骗来了两大劳动力兼安全保障。

“他们还可以做现场流动的气象预报员。”我开心地说。天文系的男生嘛，看看天气应该是小事一桩。

但是，我马上就无法开心了，因为迈味斩钉截铁地向我宣布：“目标：庐山。集体表决，已三票通过。”

该死的迈味！她明明知道我去过庐山的！

“你那也叫去过？”迈味大惊小怪地瞪着我。

我立刻没了声音。我曾告诉过迈味：中学时我去过庐山，但只在旅馆住了一夜就下山了，因为我一直拉肚子，拉得很厉害。

“别忘了，庐山离你家最近哦！”看看我的脸色，迈味放低了声音道，“别这样啦，这次算你陪我。我长这么大，还从来没看见过一座名山呢。明年的暑假，地方由你挑，你指哪儿我就冲向哪儿。”

难得迈味还有这么温柔体贴讲道理的时刻。我生了一天闷气，最后还是同意了。

我的老乡化学脑袋却异常兴奋：“你要去庐山啊？带上我！”化学脑袋当然是化学系的，曾被迈味称为“世纪末的最后一个纯情女孩”。

就这样，在暑假开始的第一天——一个有着毒辣辣的大太阳的日子，我们一行五人雄赳赳气昂昂地登上了西去的列车。

二　三叠泉的雾

我们爬上了三叠泉的半腰。

“程阳，寻路去！”自任临时总指挥的迈味又一次指派高个儿。

程阳显然很乐意再一次受到派遣。他放下东西,二话不说就钻入了丛林中。

我们的右手边就是好好的青石板铺成的路，旁边还有粗粗的铁链子拉成的扶手。可我们一致同意不走这现成的路,爬山嘛,得自己找路爬上去才过瘾。

我们坐在石头上休息等候。化学脑袋从“挑夫”易甸处讨来矿泉水,咕嘟喝了两大口,说:“程阳真倒霉,老要去探路。”

易甸赶忙申明:“不是我不愿为诸位小姐服务啊，是没有人指派我。”

“下回就派你!”迈味的语调有点急。

我看迈味,脸上露着点丝丝的笑。

迈味立刻警惕地看着我:“干什么,你!”

我绷起脸,将笑硬收进皮肤里。我笑,不光是迈味的声调听上去有点怪——好像在申辩什么,还因为我想起了昨天的一件事。

昨天我和迈味走在最后面，迈味突然没头没脑地说:“他怎么会比我小呢,这不可能!”

我一下子没反应过来,看着她涨红的脸傻乎乎地问:“什么?”

“他那么让人信任,看上去又成熟又稳重,竟然会比我小,真是莫名其妙!”

“他岂止是又成熟又稳重?他还又高大又帅气呢。”我的脑筋快速地转着弯。

迈味毫不犹豫地接上我的话:“就是啊就是啊!我就是这个意思!哎

呀——不对！我不是这个意思！”

感觉到上了我的当，迈味突然在我甩得正起劲的右手臂上狠狠地掐了一把，痛得我大叫一声：“要死啊你！”

“小声点！”迈味龇牙咧嘴，“真不明白我为什么要这样耿耿于怀。这关我什么事？见鬼！”

“当然不关你什么事。”我笑着。

她瞪我一眼：“本来就不关我什么事！”然后狠狠地一脚将路边肥壮的一只蚂蚁踏个稀烂。

……

“前面没法儿上啦。灌木丛长得太密。”程阳转回来，摊开的双手上全是泥。

“坐下歇一会儿再说吧。”见迈味没作声，我只好开口说话。

坐在半山腰，下面的游人都变成了可笑的小点点。泉水的碎沫被风吹着飞到我们身上，一下就消失了身影。

“看那边的雾。”迈味指点着叫我们看。真的，白白的一群，在那边山头飘来飘去，可就是不过来。

“我觉得它飘进了我心里。”迈味突然深沉起来，用念悼词般的声音说。

“瞧，真不愧是学中文的，又酸起来了。”化学脑袋幸灾乐祸，碰了碰身边的我。

我避开迈味的视线，冲化学脑袋意味深长地一笑。化学脑袋看着我，睁大的眼睛里全是问号。这个纯情小笨蛋！

三　眯眼睛歌星

“你那镜头绝对漂亮，就像浮在半空。”易甸摆弄着相机，对刚照完相往上爬的程阳说。

“什么地方？我看看。”迈味刚被我们在一棵孤松上拍照的惊险动作吓破了胆，现在又来劲了。

“怎么，又活过来啦？”程阳好笑地看着迈味，领她到他刚才照相的地方。

那是一块平坦的岩石，半个身子被埋在山中，另半个身子探出在悬崖边，形成一块特级“跳板”。

“真是自杀的好地方。”我赞叹，“从这往下跳，简直是万无一失。”

快要走到边上的迈味赶忙收住脚步：“劳驾你闭上你那张乌鸦嘴好不好？”

“我来！”化学脑袋勇敢地下到了“跳板”上。

紧接着当然是我。我右脚站在“跳板”的边缘，提起左脚，摆出一副要一步跨下万丈深渊的惊险架势，嘴巴夸张成特大号的“O”形，手臂胡乱地舞向空中——我相信这张照片将会成为我所有照片中最酷的一张。

迈味是在易甸和程阳的双重保护下下到“跳板”上的。她当然不甘心只剩她没有在这一特殊而绝妙的风景点留下自己的倩影。

“笑笑。”程阳站在不远的铁栏杆上，身后靠着一棵松树，正举起相机对着迈味。

“别理他，迈味别笑！你照片上的眼睛都成一条线了。来张表现自杀前的绝望的。”我在一边大叫。

迈味对我一笑，表示同意我的建议。“咔嚓”一声，闪光灯一闪，又摄了张一条线的！

“该死的程阳！”迈味憋住气爬上来对程阳骂。

程阳还挺得意：“照相是应该笑的呀！而且你笑起来眼睛眯着，很可爱，就像那个什么歌星。”

迈味立刻阳光灿烂：“像歌星？谁？”

“眯眼睛歌星嘛，当然是林忆莲喽。”我在一旁阴阳怪气地说。

程阳赶紧点头：“对对对，就是林忆莲。”

我捂住嘴巴——天哪，程阳别是有毛病吧？只有傻瓜才会说浓眉毛大眼睛的迈味像小巧玲珑的林忆莲。

偏偏化学脑袋还不开窍，她认真地审视迈味，皱着眉头说：“不对吧？林忆莲小脸盘小眼睛，与迈味一点也不像啊。”

迈味终于忍不住，拉下脸来，狠狠地白了程阳一眼，转身就走。

我同情地拍拍程阳：“你大概不知道林忆莲长得什么样吧？”

程阳满脸沮丧：“谁搞得清楚那帮歌星的事情。我是听我们班男生说女孩子都喜欢听人家说她长得像歌星的。”

我憋住笑：“下一次你最好说迈味像长头发时期的陈淑桦，那是她的偶像。或者说她像王菲也行，她最近对王菲正发烧。”

程阳恍然大悟：“哎呀，你为什么不早点告诉我？”

唉！看来理工科的男生有时候会很呆的。以后究竟是否应该找他们做男朋友呢，我可得再考虑考虑。

四　程阳成了落水狗

“嘿，青雨同志，陪我去一趟好不好？”迈味又开始烦人了。这是她在十分钟之内第三次说这句同样的话。迈味说过，与青某人打交道，只要有耐心就行，再不愿意做的事，只要你连说三遍，她一准奉陪到底。

不过，这一次一定不行。别说三遍，三十遍也不行。实在是因为迈味的点子太愚蠢——她居然要我陪她去划那破竹排！

山上的黄昏有着一种奇怪的肃穆和安静。夕阳照着，重重的山影在眼前堆起来。鸟儿也是一飞而过，不愿发出一点声音。

难得在太阳下山以前就回到了旅馆。这样的山间小旅馆的阳台，这样的山中暮色，我只想就靠栏杆站着，看黑怎样一点一点地吞下所有山和树的巨大身影。

“可我还从来没有划过竹排呢，而且是免费竹排！”迈味开始换一种方式说第四遍。

离小旅馆很近的山脚下，藏着一个小小的湖泊。山间这样的小湖泊并不少见，奇怪的是这个湖泊边上停了一架竹排。正是这架山野间的竹排引发了迈味的浓烈兴趣。

不过，我可一丁点也没兴趣。我不像迈味，自小就被圈在城市的水泥地牢中，我是在山水间长大的，竹排之类的玩意儿见得多了。更重要的是，这竹排看上去一副破旧不堪的样子，没准一踏上去就会四分五裂。

“去吧，求求你！”迈味在说着第五遍。我感觉到自己快要抵挡不住了。我在心里祈祷：两位保镖快来吧，最好是迈味已经大有感觉的程阳。

结果，就在迈味正说着第六遍的时候，程阳真的出现在阳台入口处。

程阳显然刚刚洗过澡，洁白的短袖衬衫衬得他的一张脸文质彬彬的。“要去哪儿呢？”程阳先看看我，再将眼睛落到迈味的身上。

迈味赶紧告状：“青雨不陪我去划竹排！”

程阳说：“就是我们刚刚回来时看到的那竹排吗？你要想去，我可以奉陪。”迈味当然是高兴得跳起来了！

我追在他们后面老太婆一样地叫：“你们一定要当心啊！那竹排可能不太牢靠。”我得到的回答是山风吹过来的迈味愤怒的三个字：“乌鸦嘴！”

披散着一头湿漉漉的头发来到阳台上的化学脑袋看着他们已经远去的背影，问道：“他们干什么去？”

“划竹排。”

“哎呀，我也想去玩的！”化学脑袋跳起来就要追。

“别去！”我一把揪住她，“就在这儿陪我说说话吧，我正想找人聊天呢。”

化学脑袋真的是一个好孩子，她信以为真，很高兴地看着我，说：“你想说点什么呢？”

唉，为了给迈味制造机会，我只有牺牲掉独自欣赏山中暮景的机会啦。

大约是二十分钟以后，我和易甸、化学脑袋站在阳台上聊天，看见迈味和程阳一前一后远远地走来了。

“他们竹排这么快就划好啦？”易甸说。

“程阳走路怎么这么怪呢？”化学脑袋说。

走近了，才明白程阳走路为什么怪怪的——他已经从头湿到脚，白衬衫变成了黄衬衫，头发上还在滴着肮脏的黄水。

不用问我也知道是怎么回事。我奇怪的只是，怎么迈味倒是一身连衣裙穿得好好的，脑后的马尾巴也是干干的，一点也没有落水的迹象？

“她还没来得及上去，竹排就散架了。”程阳解释。

迈味咬着牙没作声，只是催程阳：“你快回房间去换身衣服吧。”

程阳一脸的尴尬：“没有衣服换啦，我只带了两身衣服出来。”

迈味将目光转到易甸的身上，易甸说：“别看我，我跟他一样。”

山上的夜晚有点凉，晚上睡觉是要盖薄被子的。不知道后来程阳是怎么办的。反正第二天早上，他又穿得干干净净地出现在我们面前了。

倒是迈味突然变得很凶，她一个人守在电视机前，手拿遥控器，不跟我们说话，也不听我们要求换频道的请求。我和化学脑袋只好偷偷做着鬼脸，我还很坏地对化学脑袋高声说：“等着瞧吧，程阳明天肯定要打大喷嚏的！”

五　最后一个晚上

大约是后半夜，我被耳部突然传来的剧痛所惊醒。睁开眼一看，床前站着一具白色的鬼影。

“别叫，我是迈味，不是鬼。”鬼影说。

“干什么，你！”知道不是鬼，我立刻愤怒起来。

“轻点声！我睡不着，你起来陪我到外面走走好不好？”

“现在？不！”我干干脆脆地说，将被子拉至头顶——发神经呀！

许久没声音。我伸出头一看，白色的鬼影子还一动不动站在床前。

我无奈地叹气，坐起身。

迈味殷勤地将拖鞋踢到我的脚下。

化学脑袋睡得正香。我们轻轻拉上房门。

“我也不知道是怎么回事，一想到今天是最后一天在一起，明天大家就各奔东西，我就怎么也睡不着了。”

“不对吧！迈味同志一贯以能吃能睡、没心没肺著称，现在怎么会变成大观园里的贾宝玉，竟然会因为筵席即散而伤神？”我摸着右耳垂，恶声恶气地说。耳朵上刚刚被迈味拉扯的地方还在隐隐作痛。

迈味没在意我的语气，她继续真诚倾诉：“是真的呀！我从来没有尝过失眠的滋味，现在才知道失眠是世界上最可怕的一件事。我翻来覆去，睡呀睡，就是睡不着。”

我说：“是不是因为又成熟又稳重、又高大又帅气的程阳？”

不知道迈味的脸有没有红哦，我猜一定红了，因为她的语调变得有点气急败坏：“是又怎么样？不可以吗？”

没想到迈味会这么直截了当，一时间我倒有点呆住了。

迈味突然生起气来：“真无聊！”她一脚踢在路边的一块大石条上。

我没去追究迈味到底是骂谁无聊，因为我知道一句很有名的话：恋爱中的人不是疯子就是傻子。现在我就当她是疯子好啦。

“我该怎么办啊？”转瞬间，疯子又变成了傻子。迈味站在月光地里，柔弱无助、六神无主地看着我。

我很温柔地告诉迈味：“首先，你不要把自己搞得这么紧张。能喜欢上一个男孩是一件美好的事情。”

“对，我不能把自己搞得这么紧张。然后呢？”迈味的语气透着十二万分的虔诚。

“然后，”那一刻我的感觉真是好极了，我觉得自己是一个恋爱老手，“你回到家就给他写信，保持与他的热线联系。”

“女孩给男孩先写信？不对吧？”迈味有点迟疑。

“现在不分谁先谁后的，最重要的是要有感觉，还有速度也很重要。你想想，万一他们班有个女生也正对他有好感，比你先下手呢？”

迈味一掌击在额头上：“噢，天哪，我说过我不要找男朋友的，我就知道这种事情很烦。都怪你，真讨厌！”

世界上竟然有这么不讲道理的人，气死我了！我正要跳起来破口大骂，却被迈味一把拽住了手臂：“有人！”

真的，身后传来了很响的沙沙的脚步声。

我这才发现我们现在正站在旅馆后面的一片松树林里，周围阴气沉沉，漆黑一片，而且，我们前面不远处竟然是隆起的一堆黄土！

完了完了，一定是我们吵醒了坟中的小鬼（或者是老鬼），它爬出来找我们算账了！

我与迈味紧紧地搂在一起，不敢回头，更不敢出声，只是拉风箱一样呼吸着，绝望地听着身后的脚步声慢慢逼近。

“啊——”在我正要尖叫的时候，迈味率先发出了一声非人的惨叫。

没想到的是，我们身后紧接着也发出了一声惨叫——是个女鬼！

“别怕——前面是不是迈味和青雨？”响起了一个男声。

天哪，还有一个男鬼，他竟然还知道我们的名字！

“我是程阳，前面是不是迈味和青雨？”

啊？怎么会是程阳？

其实不只是程阳，易甸也来了，还有化学脑袋也来了！

原来是化学脑袋一觉醒来，不见了我和迈味，想也不想就冲出来敲程阳和易甸的房门。她说刚才睡梦里好像听到有吵架的声音，青雨和迈味一定是被什么东西（人或鬼）缠上了。

迈味在黑暗里没命地掐我的手臂，那一刻我真恨不能大声告诉每一个人：“迈味在单相思，她睡不着觉。”但我还是忍住了。我向三双不可思议地瞪着我们的眼睛解释：“是我半夜醒来睡不着了，就拉迈味起来看山中夜景——不是明天就要离开了吗？”

我听到迈味一声轻而长的吐气声。

没想到我的一句随便的借口竟然激起了三位寻找者的满腔热情。

易甸说：“干脆我们都别睡了，明天就要离别了啊。”

程阳说：“我们到旅馆前面的长条石凳上去坐着聊吧，一直聊它到天亮！”

化学脑袋说；“太好啦，我们可以看到太阳怎样升起来！”

我们留在庐山上的最后两个小时就是这样度过的。我们聊啊聊，看着罩在每个人脸上的黑暗慢慢地被漂白，被漂白，终于——有太阳光跳到眼睛里来了！

我们每一个人都在心里相信，我们会永远记得这样的夜和昼的交替。

六 回家以后的故事

你是不是有点想知道我们回家以后，特别是迈味和程阳回家以后的故事？我也很想知道，可是我回家以后给迈味打过两个电话，碰巧她都出去了。我一点也不奇怪回家四天了迈味还没给我来过一个电话，她本来就是这样一个不太有心肝的家伙嘛。不过，我希望她对程阳可不要也这么粗心才好，程阳真的是一个很不错的男孩。

易甸也很不错——除了他的个子矮点外。但化学脑袋听到我这样说是要骂我的，说我思想有问题，看人光看外表。

我的家和化学脑袋的家同在一个小小的县城里，步行十分钟就可以到她家，所以我们回家四天已见过两次面了，一次是她到我家来，一次是我到她家去。昨天晚上，我们还通了一次电话，在电话里，化学脑袋又一次很严肃地告诫我不可以貌取人。我握着电话筒，突然顿悟：这一次旅游，也许只有我，成了一个名副其实的局外人。

我将话筒搁回去，自己给自己做个鬼脸，一个人笑起来了。

野百合也有春天

我望着他，
准备等他的眼神一转向我，
就对他含笑示意，以表和好和歉意。

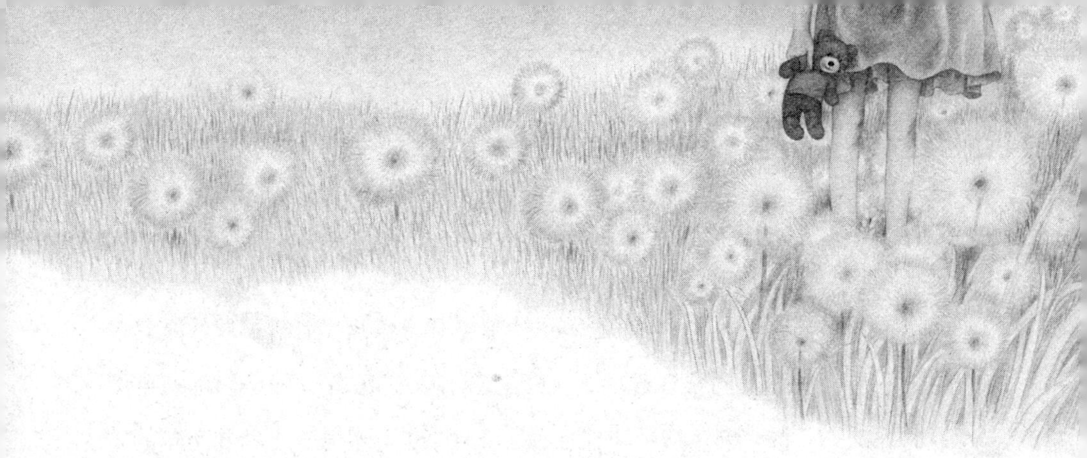

一

今天是旧年的最后一天，也是元旦放假的第一天。

对于像我这样的高二学生来说，过不过新年其实是无所谓的。元旦放三天假，我们各科老师倒布置了大约要六天时间才完得成的作业。“高二的学生是没有假期的。”这是每位老师在布置作业前都要说的一句话。“到高三就该去上吊啦！”我在下面接话。除了坐在我后两排的纪向东发出一声轻笑，我的话没有引起任何反应。

今天我坐了整整一天，将一篇作文和一大堆英语作业解决掉了——这两门功课对我来说相对比较容易一些。至于剩下的那些数理化，还不知什么时候才能做出来呢。

不过元旦也有值得高兴的事情，那就是我可以收到一些来自好友们的贺卡，特别是纪向东的贺卡。

我承认纪向东是我比较喜欢的男孩，他也是我目前在班上唯一可以谈心的朋友。

天快要黑下来的时候，我来到楼下打开了信箱。信箱里果然躺着几张贺卡。一张是同桌珠珠的，一张是纪向东的，还有一张是以前初中时的好友央儿的。央儿初中毕业后没上高中，进了外省一所学制两年的电脑专科学校。

珠珠的贺卡上写的是老一套的“新年好运，天天快乐”，央儿的则更简洁，只有“新年快乐”四个字，而且写得很潦草。我想起上次收到她的信，说起她正在联系实习的单位，想必央儿现在一定很忙吧。

我在最后剪开纪向东的贺卡。

贺卡的正中间只有一句话：

野百合也有春天——新年赠伍晓皎。

下面是纪向东龙飞凤舞的签名以及日期。

我的脑袋停顿了大约有5秒钟，才又恢复了思考的能力。我的第一个感觉就是气愤，简直是气愤得要命！

谁都知道“野百合也有春天”是孟庭苇的一首歌，是一首关于失恋的歌。我很喜欢孟庭苇的歌——珠珠曾因此而骂我老套，说孟庭苇早已属于明日黄花，不应当再在被追捧之列。但我不管，我告诉她喜欢就是喜欢，喜欢是没有时间限制的。不过现在这一首“野百合”，却真的是我顶顶讨厌的。明明人家已经不喜欢你了，却还是要死皮赖脸地唱“野百合也有春天”，这意思明明是“求求你再来喜欢我吧”。恶心死了！

纪向东是什么意思？把我比作长在春天的角落里的可怜巴巴的野百合啊？

我知道自己成绩不好，在班里毫无地位。冷老太可以骂我是野百合，百合小姐也可以骂我是野百合，但纪向东却骂不得，因为——就在上个月，我还在“世纪风情”里与他大谈特谈我的理想和抱负，我穿着自己用粗粗的棒针织成的图案复杂、式样新潮的粗线毛衣，披散着头发，像一个真正的国际级服装大师那样神采飞扬。

每次被冷老太大骂特骂之后，而纪向东，他的眼里都明明闪着一种光，我一直记得他惊叹的声音：“伍晓皎，真的看不出噢！”这声音在我心里响了整整一个月，令我在一天天忍受妈妈突然而至的严厉和唠叨的时候，一次又一次深深地体会知己的温暖。

可现在呢，居然变成了他口中的野百合！而且，这是给我的新年祝福啊！

极端的气愤使我没有看到贺卡下面小小的一行字：我有很重要的想法要对你说，明天下午一点半伍家花园见。

二

我在班里一贯独来独往，除了同桌珠珠、纪向东，以及座位前后左右的其他几个同学，我很少再与别的人打交道。有人说我清高，当然更有人说我故弄玄虚、故作深沉，以此来掩饰自己在功课上的失败和无能。我们的班主任冷老太以及我们的大班长百合小姐就是持后一种论断的典型代表,冷老太是当面对我妈妈这样说的,百合小姐没有当面说过,但她的那张漂亮的脸上写满了答案。

现在你一定明白,我为什么对"野百合"这一称呼这么气愤的又一原因了吧。

我承认,自己心里对百合确实存在着一种叫作"妒嫉"的不健康的情感。我知道这种情感很丢人,所以将它狠狠地压在心底,从来不让它流露出来。我压制这种情绪的办法有两个:一是尽量减少与百合及其追随者的交往,只要不交往就不会有失误。其次是,实在要打交道,我就摆出一副非常快乐而自信的嘴脸,我会以一种略带嘲弄的口吻叫她:"嗨,百合小姐!"同时假装没看见她拉长了的、似乎受到了侵犯一样的脸。

在做不出数学题或者物理题或者化学题的时候,我有时会想到百合,我深信百合能做出我做得出或做不出的任何一道题。

我奇怪的只是,百合她为什么要这么排斥我,我只有一门功课比她优秀——我的语文任何一次大考小考的成绩,都一直牢牢占据着全班第一的宝座,百合总是落后几分屈居第二。可是,百合她有着那么多那么多超出我、超出我们班任何一个女生的地方:永远位于班上第一的分数,人见人爱的脸蛋,富裕的家境,良好的家教——百合的爸爸妈妈是我们这座小城中唯一一所高等学府的音乐教师,所以百合能歌善舞,尤其能弹得一手好钢琴。

我没听百合弹过钢琴,我只听她弹过一次脚踏风琴。那还是在我们刚刚进校时学校在大操场举行的迎新会上。

我以克莱德曼弹奏的钢琴曲《秋日的私语》为背景音乐，极富感情地朗诵了徐志摩的名诗《再别康桥》。那个时候我正迷徐志摩，被他的才情、痴情和神奇而不幸的结局所震撼。芋芋因此骂我是神经病，她是这样说的——

“这个什么徐都是半个多世纪以前的死人啦，还迷个什么劲！神经病！还不如迷迷还珠格格之流，可以多少显得时髦一点哪！”

我当然不许她骂我，更不许她骂徐志摩，连在客观上害了徐志摩的陆小曼我也不许她骂，为此我跟她狠狠地“打”了几次架——当然是以舌头为武器啦。

我的配乐诗朗诵赢得了满场的掌声，我尤其注意到我们的语文老师朝我投来了惊奇而兴奋的眼光。

可是，我的得意还维持不到一分钟就消失了——我看见台上站上来一位女孩子，她身着白裙、迎风而立的姿态令我再一次在心里感叹上帝造物的不公：百合一定是在上帝刚刚用过他最满意的早餐、精力充沛、心情愉快的时候造出来的，而我，很可能是上帝在犯困的时候不负责任的产品：因为我拥有女孩子最忌讳的大嘴巴和粗眉毛。

连百合的声音也是那样柔美动听的：“可惜学校没有钢琴，只能请大家欣赏风琴演奏的《春之声》，不过风琴也有风琴的味道哦。谢谢大家！”

当充满激情和欢乐的西洋圆舞曲在操场上空飘散、全场热烈的掌声经久不息的时候，我已在心里暗暗发誓：以后再也不参加任何形式的文娱活动。

我说到做到。进入高中生活将要举办第一个元旦晚会的时候，任文体委员纪向东磨破嘴皮子，我就是坚决不答应再搞什么“配乐诗朗诵”。

纪向东将他的那对小眼睛瞪得大大的，问我：“为什么？”

那时候我跟纪向东还不太熟，懒得跟他啰嗦，只告诉他：“这几天嗓子发炎。”

纪向东非常怀疑地看着我，我不再理他，低头看自己的书。他总不至于要我张开嘴巴来供他检查吧。

三

今天是元旦，新年的第一天。起床时窗口已映进来淡黄色的、喜气洋洋的太阳光。

吃完早饭已快十点钟，我将碗一扔就朝“世纪风情”跑。

妈妈在后面叫：“又往哪儿疯！作业都做完啦？”

“完——啦——”我跑得远远地回答她，很怕她将我揪回去。

前面说过，我坐了一天，只做完了语文、英语两门功课的作业。至于数理化，反正明天还有一天假，再说吧。实在不行，我可以到时候抄纪向东的。纪向东的理科成绩仅次于百合及学习委员——呀，不对！就是可恶的纪向东，害得我昨晚连看元旦晚会的心情都没有。以后跟他绝交！

要是在以前，我是不怕妈妈的。妈妈一直对我放任自流。她相信我对她说的话：“妈，你就别指望我考大学啦，想当初你跟爸都是班里读书最差劲的学生，我作为你们的爱情结晶，肯定也聪明不到哪里去。再说，现在读大学要很大很大的一笔钱，即使我真的考取了你也供不起的。”

妈妈刚开始听我说这话的时候是要骂我的，说我“没大没小”、“不求上进”。但后来，她似乎也想通了，她会接着我的话说：“倒也是，那时候我一天到晚被你外婆逼着念书，成绩又不好，好几次都差点从楼上往下跳呢。我只念到初中毕业，你念到高中毕业也就差不多了。”

妈妈是一家机关单位里的清洁工，工资很低，对我的要求自然也就高不到哪儿去啦。

可是，自从一个月前开过一次家长会回来，妈妈就完全变了——有时候我真的佩服教物理的冷老太那令人意想不到的嘴上功夫。据我推测，她对妈妈大概说过以下一些话：

——你那伍晓皎脑子其实是很好使的，反应灵敏，接受新东西很快。（妈妈咧开她那大嘴巴，感到有点难以置信。）

——她如果能静下心来，将所有的精力都投入到学习中去，她的成绩应该可以提高得很快，不说重点大学，考个一般的大学是没什么大问题的。（妈妈的大嘴巴张着，露出一副茅塞顿开、惊喜交集的样子。）

——可是，她自己却不求上进，将精力都花在歪门邪道上。她老是穿一些怪模怪样的衣服，还涂口红！（妈妈的大嘴巴张得更大，这回是吃惊加愤怒。）

——她还与同学闹不团结，连百合这样的好学生她也不理不睬。她简直是故弄玄虚、故作深沉，以此来掩饰自己在功课上的失败和无能。请你回家以后好好管教！（妈妈的大嘴巴终于闭上，现出一副坚定不移的神情。）

“你们冷老太——该死！是你们冷老师，她没有说过你‘无能’！”妈妈每次都要这么凶巴巴地纠正我。

可是，她却冤枉我涂口红！我只在课堂上涂过润唇膏，从来没涂过口红。只有在“世纪风情”里，我才涂口红——当然是芋芋的。芋芋说现在流行“冷艳”，时髦女郎都涂一种黑紫色的唇膏，我的大嘴巴涂上后，一定又酷又性感。我试过一次，果然不同凡响。但大多时候，我还是喜欢用那种老式的大红色，浓浓的颜色衬着白白的皮肤，有一种古典而哀艳的、经久不衰的美丽。

不出所料，元旦这天的“世纪风情”里挤满了人。好像一到过节，所有人口袋里的钱也都想过节，争着往外蹦。

芋芋看到一头撞进来的我，赶忙将一位胖胖的半老徐娘扔过来：“帮我收钱，288 元。”我接过半老徐娘手里的一套本白色的薄呢淑女装套裙，一面帮她装袋，一面在心里祈祷：千万别是她买给自己的。不论是颜色还是款式，对她来说都不合适。

一直忙到中午 12 点多，店里买衣服的人才渐渐没有了。

芋芋一屁股坐在椅子上：“过节真是让我欢喜让我忧！”

芋芋时时刻刻都能这样自如地运用流行歌词，你说我能不喜欢她吗？她比我们班上任何一个女孩都更时尚，更可爱，更青春，总之一句话，更像一个花季少女。

说出来你可别吓一大跳——芋芋不是一个小女孩，也不是一个大女孩，她是一个女人，准确地说，是一个标准的半老徐娘。她是我妈妈的昔日同桌兼好友，结了婚，又离了婚，现在一个人开着这一个叫“世纪风情”的小小时装店。

一开始我是遵从妈妈的指示叫她“芋姨”的，但后来越叫越觉得不对味。无论从哪一方面看，“芋姨”都不像是一个“姨”，而更像是一个“姐”，她不像妈妈一看就是中年妇女一个，她是属于看不出年龄的那种人。所以我就自作主张像妈妈一样叫她“芋芋”了（当然是背着妈妈）。看得出她对这一改变非常满意，她对妈妈说：“你家皎皎以后一定很有出息，她与众不同。”

芋芋在清点钞票。

“今天看来发了一点小财哦——忘了告诉你，你也发了一笔小财。你的那件宝贝毛衣终于照你的心理价位卖掉啦——还真有这么傻的人，将你这种小女孩胡乱编织的毛衣当成是香港过来的时髦货。想知道是谁买去的吗？”芋芋递过来一张百元大钞外加五张十元小钞。

“不！”我懒洋洋地接过。

“怎么啦？不高兴？跟纪向东吵架啦？”

“哼！”我说。

“跟你妈吵架啦？”

“哼！”我说。

芋芋笑起来了。

我瞪她一眼：“这两人都别跟我提。现在我妈是彻底完蛋了！”

“还在逼你考大学啊？”

“岂止是逼我考大学，她还不许我织毛衣，不许我再到‘世纪风情’

来浪费时间;还有,她还坚决不许我再在你这儿拿时髦衣服穿,说我要再将自己打扮得怪里怪气的,她就打我!"

芋芋的细眉毛挑起来:"你没有将自己打扮得怪里怪气啊。你穿衣服一直很到位。我店里的几位老顾客还一直夸你眼光很不错,很会搭配衣服和颜色呢。"

芋芋的话使我有点高兴起来了。我虽然人长得不怎么样,但走在街上,回头率却是非常高的。在班里就更别提了。上次我穿了那件受到纪向东郑重夸奖的粗线毛衣去上课,女生们嘴里不说,眼睛可是都朝我这儿看。我的同桌、比我更不起眼的珠珠问我:"在哪儿买的这么好看的毛衣?"我声音很大地回答她:"亲戚从香港带回来的!"

"芋芋,你说我妈是不是不会用自己的脑子,只会人云亦云?"

芋芋一脸的严肃:"皎皎,不好这样说你妈呀!不过——"芋芋绷着的脸露出了微笑,"以前做学生的时候倒真是这样的,无论我说什么,她都在后面很起劲地跟着,是我的一个最最忠实的随从。"

我放声大笑起来,心里的不快一扫而空。

"可是你爸爸偏偏看中了你妈妈,说她又天真又温柔。"每次一提到居然在情场上败在妈妈手下,芋芋就耿耿于怀。

"好啦好啦,爸爸都上天堂十年了,你还在吃醋。"

爸爸在我还没上小学的时候就因病去世,我对他几乎没什么印象。

"唉,说到底,我跟你妈都是苦命人!"芋芋长长地叹了一口气。

我有点害怕这样的话题,这时候的芋芋也是我感到很陌生的。于是,我就不再接话,低头理着店里被顾客翻乱的衣物。

“你可以跟你妈好好谈谈自己的打算，告诉她你不想上大学。你以后想自己开店，自己设计时装。”离开“世纪风情”的时候，芋芋这样叮嘱我。

四

刚刚走出巷口，迎面就撞过来纪向东。

“哎呀你怎么搞的，告诉你是伍家花园呀！害我白白等了半个小时！就知道你又跑错地方了。你老是搞错，真是笨到太平洋去了！”

我没搞清楚纪向东前半段话是什么意思，我只听到他骂我“笨到太平洋去了”。以前他常常这样骂我，我也常常这样骂他，可现在，这个“笨”字却一下子勾起了我刚刚熄灭的满腔怒火。我冷冷地盯着他，用一种零度以下的语调说：“你到今天才知道我笨啊？野生的东西都是这么笨的，知不知道？”

纪向东像只呆鹅一样愣在那儿：“什么野生的东西？你什么意思？”

我说：“纪向东，以后我再也不要跟你说话。从现在就开始！”我迈步就走。

“嗨，伍晓皎！”纪向东在后面叫。

“不要烦我！”我跑起来了。

快到家门口时，我停住了脚步。我磨磨蹭蹭地开信箱，信箱里空空如也——还没到送晚报的时候。我又磨磨蹭蹭将信箱锁好，然后不经意地转身——身后一个人影也没有，元旦的下午在我期待的眼里现出一种奇怪的寂静。

我在心里狠狠地将自己大骂一通，一口气跑上三楼，冲进屋，咚的一声把门关上。

“又发什么神经？”正在看电视的妈妈被我吓了一大跳。

我不说话，进到小房间里，将自己锁起来。

写字台上，纪向东送的那张贺卡还静静地躺在那里。

是非常简洁的那种，淡蓝色的底子上面，画了一只胖乎乎、懒洋洋的小狗。我是属狗的。

我走过去，说不出是出于一种什么心情，又一次将它打开。

这时，我看到了下面小小的那行字：

我有很重要的想法要对你说，明天下午一点半伍家花园见。

我这才明白纪向东刚才在巷口说的话是什么意思。我看看表，现在已经快三点了。

我坐不住，抓起自行车钥匙就往外跑。

妈妈像一只突然挨了狠狠一脚的足球一样从沙发上一弹而起：“又出去！”

我极快地冲下一层楼梯，以确保自身安全，然后扬起脸冲站在门口的妈妈叫：“哎呀妈，今天元旦呀！你就发发善心，明天我一定好好看书！”

学校实验楼的后面与校园围墙之间有一块小小的空地。空地上有一棵非常年轻的香樟树，以及一片小小的、稀疏的草坪。不知是因为这儿不大能晒到太阳，还是因为经常弥漫其间的一股淡淡的怪味儿——可能是实验室里飘出来的化学药品的气味，所以这儿很少有人光顾。第一次偶然发现这里，我的心一下子就跳起来了：这儿有树，有草，却没有人，正是我心目中最最理想的私家花园啊！

我给它命名为"伍家花园"。

与纪向东的正式交往，就是从这里开始的。

那是去年冬季里的一个正午，我倚着香樟树席地而坐，眯缝着眼享受越过重重障碍照射进来的冬天里暖暖的太阳光。有一个人影在入口处晃了一下。我未加理会。据以往的经验，没有人会对这儿感兴趣，何况已经有人霸占。果然，人影消失了。可一会儿，人影又回来了。我恼火地站起身，未及发话，对方已惊喜地叫起来：

"伍晓皎，真是你啊！"

对方老朋友式的惊喜令我不便发作，我只得报以大方一笑："嗨，纪向东。"

坦白地说，纪向东是一个讨人喜欢的男孩。他既不帅，也不酷，但能言善辩，性情随和，成绩亦不俗，在班里极有人缘。

纪向东两步蹿进伍家花园，我心痛地看着那朵贴着地皮的小黄花顷刻间倒毙在他的脚下——这是伍家花园里唯一的一朵开在冬季里的花朵。

纪向东抬头仰望香樟树："这儿真的很不错。"

我吓了一跳，连忙警告他："这儿是私家花园，劳驾你以后少打扰！"

纪向东好笑地望着我："是伍家花园吗？"

"你怎么知道？"话一出口，我就知道自己犯了一个愚蠢的错误。

纪向东张着嘴巴，做出满脸惊愕状："啊？真的是伍家花园哪？不知伍小姐是什么时候购买的？"

我恼羞成怒，转身就走，同时指着地上倒毙的花恶狠狠地控告他："你这个讨厌的杀花凶手！"

没想到的是，第二天中午纪向东又来了。我无法再骂他——他的手上，托着一朵带着一大团泥巴的小小的黄花。

"还给你。我找遍了整个校园才找到这一朵呢！"

我有些不知所措地接过来。说真的，我真的没想到。我知道自己心里有点感动，但我什么也没说——我不知道该怎么说。

纪向东蹲下身，用手里握着的削铅笔的小刀在地上挖了一个小小的洞。我将花放进去，用手将周围的泥巴压平。

这一次，我们聊了一个中午。我说到了我妈妈、芋芋、"世纪风情"，当然还有我自己织的毛衣——事后我深感惊异，不明白自己怎么会对一个还很陌生的男孩说那么多的话。纪向东也说到了他的爸爸妈妈，他主要谈的还是他自己的理想——他要考军医大学，这样可以实现他既当军人又当医生的双重梦想。

我斜跨在自行车上，一只脚点着地，看着寂静的伍家花园。

有两朵小黄花并排开在地上。一朵是去年纪向东移栽过来的，另一朵不知是不是被纪向东踩坏了又长出来的那朵。

我当然知道纪向东现在肯定不会在这里，但我还是过来了。

我平时最讨厌的事情就是不守约。我尤其讨厌女孩子的故作矜持，明明说得好好的，到时候却又找出种种借口推三阻四，故意给男孩难堪，以显示和标榜自己。我做事喜欢明明白白、痛痛快快。不过现在，在纪向东眼里，我一定也成了一个不守约而且故作矜持的讨人嫌的女孩。

但我不想向纪向东解释，至少现在不想。

五

没想到的是，纪向东居然不理我！整整一天都不理！

元旦过后第一天上学，除了我，似乎每一个人都喜气洋洋的。走进教室，我一眼看见纪向东坐在座位上谈笑风生。我望着他，准备等他的眼神一转向我，就对他含笑示意，以表和好和歉意。

可是，纪向东眼都不抬一下，继续说他的，就当没我这个人一样。

以前不是这样的。以前我每次走进教室，纪向东都会与我打招呼！有时含笑点头，有时干脆叫我的名字。

我觉得自己的身体一下子变得很僵硬，我笨拙地挤过珠珠的椅子，坐到自己座位上。

纪向东的声音从脑后传来，他在讲一个什么小笑话："我一看，哪儿是什么阿姨啊，是一个长发飘飘的正宗的叔叔！"

哼，老掉牙的搞笑！

可是，周围听着的人全都笑起来。珠珠也在笑，边笑还边用手肘捅我："纪向东真幽默！"

我板着脸不说话。

课间我一般是不太离座的，我不喜欢到百合身边去讨好她，也不喜欢听别的女生说闲言碎语。课间十分钟，我总是窝在座位上抢做上堂课刚刚布置的作业，或者躲在抽屉里看小说。

可今天的每次课间，我一直出出进进。珠珠很疑惑地问我："你肚子不舒服吗？"

我没有得到来自纪向东的任何信息，他一直目不斜视。当然，我也一直目不斜视。

放学的时候，我的心情变得很糟糕——糟糕得连家也不想回。我背着书包在街上闲逛，不知不觉来到了"世纪风情"。

店里很安静。现在正是人们下班赶着回家的时间，很少有人在这种时候来逛服装店。

芋芋看看我的脸色："又怎么啦？你最近像个大气包！"

我说："真没见过这么小心眼的男孩！一点小误会就不理人！"

芋芋摸摸我的头发："又是跟纪向东闹别扭吧？既然是小误会，你向他解释一下不就得啦？"

我气咻咻地说："凭什么要我向他解释？不理就不理，谁在乎谁呀！"

芋芋很好笑地望着我："我上次还跟你妈妈说呢，我说皎皎的性格怎么倒像我，又固执又任性。可爱是可爱，可有时候也容易伤人。告诉你，你爸爸当年就是被我吓跑的。你可不要重蹈覆辙，纪向东真的是一个很好的男孩子。”

我红着脸叫起来:“芋芋,你什么意思!”

芋芋很认真地看着我——芋芋是很少这样严肃的:“这是我的真心话。男孩子也有自尊心,可能比女孩子更强,更容易受到伤害。只不过他们不愿说,女孩也很少替他们着想——这是我作为过来人的体验。千万不要因为一点点小误会就放弃友情,这是很蠢的做法。”

我不再说话。我开始在心里考虑芋芋的意见。

芋芋也没有再理会我,因为她以前说过“响鼓不用重锤敲”。

回到家吃过晚饭,我给纪向东拨电话。我并不准备原谅他将我喻为“野百合”,我只是想向他解释一下失约的原因。

没想到的是,纪向东家里竟然没有人。电话铃响到第六声,还是没人接。

半小时以后,我离开书桌,第二次给他拨电话,同样没人接。他们一家人大概一起出去办什么事了。

我注意到妈妈的眼睛盯着我,其锋利程度与搁在电话机旁的那把水果刀相比毫不逊色。

可我坐不住,我这个人就是这样,只要心里有一点事就会一直牵挂着。完成一道不太难的数学题后,我第三次离开书桌。刚刚拿起电话筒,妈妈终于忍无可忍,咆哮起来了:“你这是怎么学习的?你还想不想上大学了?”

我打不成电话,干脆坐下来,与妈妈进行一次正式的谈心。芋芋也对我说过,应当把自己的打算好好地跟妈妈说清楚。

谈心的结果——唉，当然是以我的惨败而告终。这件事以后再说，我现在不想提了。

六

第二天第一节课就是冷老太的物理课。元旦做的作业发下来，我不用看也知道自己惨透了——十道题错了四道半。不过这一次好歹是我自己做的，没有一点水分。

冷老太却不这样看，她正站在讲台上对我进行隐含式的“人身攻击”：“有极个别的同学从不严格要求自己，别说考试，就连平时的家庭作业都错误百出。这样下去怎么得了！”

我在心里回答她：有什么了不起的，反正我也不指望上大学。

接着当然是老一套：叫百合上台，将正确的答案抄在黑板上。

百合抄完，转身走下讲台的时候，我忍不住呀的一声叫出来——猜我看到了什么！

百合敞得很开的滑雪衫的领口里面，露出来一件高领毛衣，翻过来的半截领口松松垮垮的，锁口处有一个接一个小小的、顽皮的洞——这是我织的毛衣啊，是我挂在“世纪风情”里卖的那件毛衣。怎么会穿在百合的身上！

“你有什么问题吗？”是冷老太站在我的身边，正冷冷地看着我。

我收回自己停留在百合身上的目光，慌乱地回答：“没、没有，是我这一道题错得太不应该了。”

"知道就好,参考正确答案自己好好订正过来。"冷老太的语调突然变得温和起来,还带着一点鼓励的味道。我有点受宠若惊,忙不迭地点头。

很多女生都和我一样看到了百合的新毛衣(我猜百合是故意将滑雪衫的拉链拉得这么低的)。下课以后,大家都围在百合的座位上,要看她的新毛衣。

我坐在座位上没动,不用去看,我知道那是一件灰色系的毛衣。一年以前,我到各个卖毛线的小店去收集毛线,把我能收集到的由浅到深的所有灰色毛线都织进了那件毛衣里。

毛衣上没有具体的图案,它们有时是一条窄窄的翻着波浪的浅灰色的河床,有时是露出在灰云之间的一抹青灰的山头,或者它们什么也不是,只不过是一些凹凸得很奇怪的多边形罢了。它们与作为底色的灰色毛线紧密相依,仅仅是比它淡一点儿或者是浓一点儿,随意地、毫不做作地附在那里,任你想象。

芋芋对这件毛衣喜欢得要命,她说她愿意出两百元的高价将它买下来。芋芋穿这件毛衣确实很好看,配上同色系的大摆羊毛裙,再将她那一头烫着小卷的头发披下来,立刻变得像歌里唱的那种神秘的"耶利亚女郎"。

但我坚决不肯卖给她。不是我小气,我只是想知道除了芋芋,这座小城里是不是还会有人愿意出比较高的价钱买这样一件毛衣。我给这件毛衣标价150元,而且向芋芋申明不许还价。在我们这座小城里,一般的针织羊毛衫只卖100元左右。

我没想到它现在居然会穿在百合的身上，为百合本来已经非常完美的容貌更增添了几分美丽。

百合已经将滑雪衫脱下来，任凭围着她的一群女孩子在她的新毛衣上东摸西摸。

“这是元旦那天我跟我妈一起去逛街时，在一家小店里发现的。我们一眼就看中了。可店主一开价就是 150 元，说是一分钱都不能少。她还说这是香港那边过来的，仅此一件呢。”

百合喜悦而夸耀的语气令我再也坐不住，这明明是我织的毛衣！我一针一针，花了整整一个暑假里的每一天的黄昏。早知道会这样阴差阳错地穿到百合身上，我真该当初就送给芋芋穿。

顷刻间我做出了一个决定。我从书包里拿出 150 元钱——是芋芋给我的卖毛衣的钱，站起身，走向百合。我要告诉她，这件毛衣不是什么香港货，它只不过是我织的一件很普通的毛衣，现在我不想卖了，请她还给我。

没想到的是，我刚刚走到百合的座位边，纪向东也跟着过来了。我不知道他跟过来干什么，是想来看我大失风度地吵架吗？

百合看到我，愣了一下，脸上带着点警惕的神情。

鬼才知道是怎么回事——也许是一旁站着的纪向东？或者是百合警惕的神情？我莫名其妙地就将拿钱的手缩了回来，并且还改了口，我对百合说的居然是这样的一句白痴话：“你这件毛衣……是在哪儿买的？真的很漂亮。”

说完这句话，我有点尴尬地站在那里，我这才发现，自己好像已经很久没有跟百合好好地说过话了。

百合显然也很惊讶，惊讶过后，她变得非常高兴。她很热心地告诉我：“是在香滨路上的一家时装小店里买的。那家时装小店有一个很好听的名字叫‘世纪风情’，那里的女老板很漂亮。你要是有时间也去看看吧，你一定比我更会买衣服。”

百合的热心和大度令我无法实施刚才所想的举动，我不得不继续装腔作势：“真的吗？是在香滨路上啊？那我一定要去看看。”

上课铃在这时候响起来。我走回座位的时候，看到纪向东朝我露出了笑容。

第二、第三节课是两节连堂的语文课，语文老师要我们完成一篇800字的课堂作文。我在稿纸上写下题目后，就开始咬着笔杆发呆。

我现在确实没心情写作文，我在想着刚才课间发生的奇怪事情。

最奇怪的是纪向东。他知道“世纪风情”，知道它的女老板，知道毛衣是谁织的，还知道毛衣说一不二的标价。总之，他知道一切内情。他看到我拿了钱离座就立刻跟过来，是担心我去找百合的麻烦吗？他刚才朝我笑，是对前几天的事表示和解的意思，还是仅仅对我刚才的行为表示谢意？

我自己也很奇怪。我怎么会突然变得缩头缩尾的呢？我一贯讨厌百合的高傲自大，特别是当冷老太批评我的时候她在一边摆出的一副好学生的嘴脸。现在，我有这么好的机会令她难堪，而我居然就这么放弃了！

还有很奇怪的一件事——就是百合的态度。说句心里话，百合的友好令我有些措手不及,甚至有点——受宠若惊。这太出乎我的意料了。这是我的不自觉的友好换来的吗?

七

正午的伍家花园有一种懒洋洋的气息。年轻的香樟树站在那儿舒服地晒太阳，地上已经黄掉的小草和开得正欢的小黄花似乎正在打瞌睡——我们踩上去,一点点声息也没有。

"我们"当然是指我和纪向东。我们并没有约好。我吃过午饭刚刚来到伍家花园,纪向东紧接着也过来了。

"我果然没有看错人，伍家小姐确实是雍容大度，得饶人处且饶人。"纪向东先发制人,一句话就很好地堵住了我的口。

我自然不好再发火，却也不肯放过嘲笑他的机会:"你这护花使者倒是当得很到位。"

纪向东叫起来:"你不要冤枉人好不好?我可是完完全全一片好心!你想一想,你就这么莫名其妙地拿着钱去大吵大闹,说那件毛衣是你织的,要求人家立刻脱下来还你。百合固然会难堪,而你自己呢,是不是也会很掉价,显得既张狂又刻薄?"

见我不再答话，纪向东更起劲了:"你的初衷就是为了证明自己毛衣的价值。现在已经实现了,为什么还要去计较别的?况且,买主是百合,也算是物有所值了。"

我说;"那当然,人见人爱的百合嘛。"

纪向东长叹一声："又来了！你真的是要辜负我的一片苦心了！"

我扑哧一声笑起来："别恶心了好不好？野生的东西不值得你这么费苦心吧？"

纪向东一下子眼睛瞪得很大："对了，这几天我一直在很痛苦地思考元旦那天你说的'野生的东西'是什么意思。我想了几天还是不明白，我又没得罪你，你干吗生那么大的气？"

我大惊小怪地看着他："你还问我啊？不是你在贺卡里称呼我为'野百合'的？"

纪向东夸张地呻吟了一声："天哪，居然是为这个！"

纪向东开始向我解释——那天买贺卡的时候，他看到了一盒孟庭苇的磁带。他知道我喜欢孟庭苇的歌，就将磁带买下来，准备送给我作为新年礼物。磁带盒上的一首歌名"野百合也有春天"让他觉得有很深刻的含义，并且别出心裁，不同于一般的"新年快乐"，等等，他就特意抄下来送给我。

"'野百合也有春天'的意思就是'伍晓皎这样不爱学习的孩子也要上大学'，我就是这样的意思。"纪向东最后这样说。

我越听越糊涂，我问他："什么上大学？我不是早就跟你说过我的打算了吗？你不是还夸我有主见吗？"

纪向东说："此一时彼一时，现在我有了新的认识。"他捋起衣袖看看表，"快上课啦，现在一下子说不清楚。我本来元旦那天下午约你到这儿来就是想谈这件事的，你却莫名其妙地失约。"

"我一开始没看到下面的字！我后来给你打过电话的，你又不在家！”我叫起来。

“算啦算啦，男子汉不跟小女子一般见识。”纪向东摆摆手，开始在书包里乱掏。他掏出来一本杂志和一盒磁带：“你自己先看看杂志上的文章，我折了角的那一页。磁带是送你的。”

八

下午放学时在传达室里拿到央儿的一封信。

央儿还剩几个月就要毕业了，她现在正在疯狂地找工作。

央儿的字迹很潦草，而且满纸都是火药味。我可以想见央儿白净的脸上布满了红云的样子。

央儿学校所在的城市是一座很有名气的大城市，比我们家乡的这座城市富裕多了。央儿当然千方百计想留在那儿工作。其实不只是央儿，我们这儿考出去读书的大部分人，特别是名牌大学毕业的人，基本上都留在外面的大城市不回来了。

“可是，想要留在外面谈何容易！”央儿在信里义愤填膺，“现在大学本科毕业的学生找工作都难，何况我这个专科生！”

央儿在信里列举了很多她找工作失败的例子，其中有一例是这样的：

学计算机的？专科生？不，我们这儿都是计算机博士。或者你可以试一试接线员的工作？不过我们要身高 1 米 65 以上的。请问您身高够不够?

看到这里,我一个人在路上大笑起来。连当接线员——也就是我们常说的接电话的,人家都不要,怪不得央儿要气得几乎吐血。想当初,央儿可也是班上的一枝花,1 米 60 的个子虽不算太高,却皮肤白白,眉儿弯弯,腰肢细细,走起路来如风摆杨柳,是很有名的校园一景呢。

“早知道中专毕业会是这样一副高不成低不就的倒霉相,我当初真该与你一起读高中。”

读高中就好吗? 我在心里叹气。

然后,央儿谈到了我的情况,她的口气居然变得和我妈妈的一模一样:“你上次在信里说你不想考大学,想自己搞时装设计。我不知道你是认真的还是开玩笑? 我觉得你的想法太天真。以我有限的社会经验来看,你如果没有很有力的能证明自己的东西——比如名牌大学的毕业证,或者某一方面的获奖证书等,是没有任何人、任何单位会相信你的。社会很大,却找不到自己的一寸立足之地——这种感觉真是令人抓狂。”

央儿的最后一句话令我有一种触目惊心的感觉,我一下子想起了昨天晚上妈妈对我的咆哮。

昨天晚上,也就是我准备给纪向东打电话受到妈妈的训斥的时候,我坐下来,开始很认真地跟妈妈谈我以后的打算。可是,我才刚刚开了个头,妈妈就毫无风度地跳了起来——

“开时装店! 搞时装设计! 你凭什么? 就凭你会织两件毛衣? 你以

为挣口饭吃这么容易，上下嘴皮子碰一碰就完事啦？”

我一下子被她噎得说不出话来。我只能气咻咻地说：“哼，有志者事竟成！”

妈妈很不屑地在嘴巴里嗤一声，很粗鲁的那种，然后说：“少跟我说这种大道理！你以为开店很容易啊？没个十几万块钱做底就别想动手！”

我的头涨得很大，钱的问题我还真的没想过。但我马上就有了新的主意：“我可以跟芋姨合伙干。”我说。

“芋姨芋姨，你就知道芋姨！你以为芋姨的日子很好过吗？她开店的钱还是她离婚时前夫赔给她的——为了这点钱你知道她怎样闹过？这个小店她自己能糊口就不错了，还能顾得上你呀？”

真的是这样吗？怎么芋芋从来没有对我说起过？我只知道芋芋的前夫是个有点小钱的私人小老板，他后来看上了歌舞厅的一个小女孩，就跟芋芋离婚了。

我的心开始往下沉。我只知道自己喜欢时装，我一心想以后自己开个店，卖自己设计的衣服，我从来没想过会有这么多实际的问题！

我的呆样子一定让妈妈更加生气，她伸出手指头来戳我的脑袋壳，说：“你能不能不要老是想这些不切实际的东西？你给我老老实实念你的书！考上大学以后才能找到好一点的工作，这么简单的道理你还搞不懂吗？况且，你和我做学生的时候不一样，我那个时候是真的不会念书，而你，明明可以念得好的。连你们冷老师都说过你能考上大学！”

昨晚，我是带着一种非常复杂的心情入睡的。我第一次觉得自己有点好笑，可是我又觉得这没什么好笑的。记得一本介绍成功人士人生之路的书里曾有过一句这样的话："早日明确自己的奋斗目标，这是成功的关键。"这句话我一直记在心里。我现在正是照这句话做的，难道我错了吗？

可是，央儿在信里却说我"天真"。比起妈妈来，我倒是更愿意相信央儿。我一贯认为我与妈妈之间有代沟，而现在，央儿显然与妈妈成了同一条战壕里的战友。

不想这些事情了，太烦人！

九

这两天一直在忙着应付物理单元小测验。不知道是妈妈的咆哮终于起了一点作用，还是央儿的信让我警惕了，我耐着性子很用心地看了两天物理书，把要测验的单元内容弄得差不多接近滚瓜烂熟了。

测验的时候，除了最后一道20分的大题无法下手外——这种题目牵涉的知识面太广，已远远超出了本单元的内容，不是我这种功底薄弱的人所能把握的——前面的小题目，因为都是本单元的内容，我基本上都动手做了，而且，除一两个选择题外，我有把握其他的题目都做对了。

我知道自己能得七十分左右。这样的分数当然是低分，对于单元测验这种简单的考试来说，班里的好学生比如百合等是可以拿满分的。但我还是很满足，因为我第一次在考完试后就估计出了自己的分数，而在以前，不等试卷出来我心里是从来没底的。

对对与错有比较明确的把握，对自己的能力有比较清楚的认识——我不得不承认这种感觉真的很好。怎么说呢，就有点像是连续下了很多天的雨，有一天早上起来一拉开窗帘，突然涌进来一屋子的阳光一样。

就是怀着这种阳光一样的心情，我迎来了一个真的有着大太阳的周末。

上午的宝贵时间当然用来做作业。不过一吃过中饭，我就比较自由了。妈妈下到厨房去收拾餐具，不再有闲心一直盯着我。我就搬了张椅子靠窗坐在中午暖暖的阳光里，一边听孟庭苇的磁带，一边翻阅杂志——这两件东西当然都是前两天纪向东送我的。

翻开被纪向东折了角的那一页，大大的标题“我是这样走上时装设计之路的”一下子就让我的目光停住了。

文章讲的是一个出生于乡村裁缝家的小女孩经过多少年磨难，到不惑之年——不惑之年也就是四十岁，终于成长为一位小有名气的时装设计师的故事。

文章才看到一半，我已经猜到了两个结论。

其一是，这位女时装设计师必定会在文章后面奉劝和她一样有相同梦想的小女孩千万不要像她一样早早就荒废学业，在社会上吃了无数的亏、走了无数的弯路、浪费了大好的青春时光才知道回头。更可怕的是在现实中，还有很多人是根本无法回头的。

其二是，纪向东已经彻底背叛了当初对我所持的赞赏的态度，而转到了我妈妈以及央儿所在的立场上来。

我奇怪的只有一点，就是他们是不是联络好一起来对付我的？不然的话，怎么会这么巧，全都凑在一块儿呢？

不过我知道纪向东和央儿根本就不认识，他们至多只是分别在我嘴里听到过对方的名字。我妈妈是知道央儿的，但她不知道纪向东。而且，就我妈妈这种水平，谅她也想不出此种类似于战国时代著名的“连横”策略来——这一策略我们在古文里刚刚学到过。

只能说是天意如此。

所以，完全可以说，这篇文章对我的打击是毁灭性的。

我合上杂志，在阳光里闭起双眼。

十

其实，难道我真的是不想上大学吗？玫瑰园一般诱人的大学生活，谁不愿意亲身去领略一番呢？

我是不是一直惧怕进入玫瑰园的那场门票之争？我的理科成绩从来都让我绝望。仅仅凭着一门语文成绩和还算过得去的英语，我知道自己绝对没有胜算的把握。

所以我把自己的一点兴趣和爱好作为屏障，实际上一开始就选择了放弃？

是不是这样啊？

正午的阳光像一瓶陈年红葡萄酒，可以把人的头晒得很晕。我躺在陈年红葡萄酒一样的阳光里，我的头真的很昏。我宁愿自己就一直这样晕过去，再也不要清醒过来。

电话铃突然响起来了。一声、两声、三声、四声、五声，然后没有了。

妈妈甩着湿漉漉的双手冲进来，她非常奇怪地看着我："你怎么啦？为什么不接电话？"

我突然想起来，这电话很可能是纪向东打来的。

我不由自主地走过去，拨通了他家的电话。

十一

我跟百合的关系真的有点好起来了。

早上走进教室的时候，正碰上百合从教室里往外走。我正在犹豫该不该跟她打招呼的时候，百合已向我露出了微微的笑意。我赶紧绽开一朵大大的笑容还给她——不知道我的样子是不是显得既傻又不诚实。

回到座位上，我还在回味着刚才的一幕。

人有的时候是多么奇怪啊，本来一点事也没有的，却突然会弄得很别扭。而一次非常偶然的举动，也许又会像古诗里说的，一切又变得"柳暗花明又一村"了。

是不是因为我跟百合都是太敏感的人？

曾在一本书里看到过，"敏感性"是测量一个人聪慧与否的尺度之一。我很高兴自己与百合拥有相同的品质。只是，为什么我的成绩却比她差这么多？

我声音很大地叹了一口气。

珠珠听到了，撞撞我的手肘："伍晓皎你这两天很奇怪哦，不是发呆就是叹气的，干什么呢？”

我说：“成绩不好能不发呆叹气吗？”

珠珠探过身子来，盯着我的脸，大惊小怪地叫：“伍晓皎你有没有搞错啊？你早就说过你不要上大学，不会为分数发愁的。”

我将珠珠推回去，拿出英语书来，摆出一副早读的架势，说：“‘野百合也有春天’，这句话你知不知道啊？”

珠珠说：“这是孟庭苇的一首歌的歌名啊，你说这个干什么？”

我说：“不干什么，读你的书吧。”我真的大声读起英语单词来，不再理会珠珠万分不满的白眼。

有一句很流行的话叫“你别无选择”。现在，我就觉得自己正处在“你别无选择”的位置。这令我有一种悲壮和自豪交织在一起的莫名其妙的感觉。

昨晚给纪向东打电话的时候他也说到了这句话。他是这样说的：“伍晓皎，我觉得你现在别无选择。只有狠下心来奋斗，争取考上纺织大学或其他的有服装设计专业的学校。我觉得这才是一条捷径，可以直达你的目标。”

居然还有专门的纺织大学或专搞服装设计的大学，这我还是第一次知道。我以前只知道大学里的科目和我们目前所学的课本有关，比如有什么数学专业、中文专业、英语专业，等等，我从来不知道还有纺织专业和服装设计专业。在知晓的那一刻，我真的非常非常兴奋。我立刻就将自己的未来与它们挂上了钩。并且，几乎就在同一时刻，我痛下决心，为了自己的美好前程，我一定要努力一把！

我还有一年半的时间可以努力，但愿我能来得及！

十二

我花了一个星期明白了这样一个朴素的道理：理想与现实是有差距的。我愿意相信这是一条颠扑不破的真理。

这一个星期，我首先做到的是端正自己的学习态度。具体点说，是端正自己学习数理化的态度。上数理化课的时候，我不再像以前一样开小差、与珠珠说话或躲着看小说，我强迫自己集中注意力，老师说话的时候就盯住他的嘴巴，老师写字的时候就盯住黑板。作业争取独立完成，不懂的地方一定要弄清楚——自己查课本，或者问老师和纪向东，直到弄懂为止。

可是，我发现我越努力，自己的处境就越尴尬：以前我只求一知半解，不会做的作业就抄一下，除了考试，平常的日子还是过得比较惬意的。现在呢，我一认真，发现自己弄不懂的地方居然比比皆是。问纪向东或老师，他们会很奇怪地看着我，说："这不是前两节课刚刚讲过的内容吗？"有时甚至是这样的话："这是高一的时候就学过的知识，你自己去查查课本好不好？"

至此，我明白了第二个朴素的道理：学知识就像砌房子，是一块砖一块砖垒起来的。中间有一段没垒好，它上面的砖块就没有地方落脚。

我现在遇到的这些难题就是一些找不到地方落脚的砖块，它们在我的眼前摇摇欲坠。

除了怨自己，我无法责怪任何人。虽然有时我很想埋怨纪向东——我觉得他对我应当再耐心一点儿。可是，如果换了我，给一个人讲题目讲了三遍，他还是白痴一样瞪着眼睛看你，我想我肯定也会失去耐心的。

只有冷老太的态度令我大感意外。我只问过她一个问题，她的解答可以说是不厌其烦。解答完了，她意犹未尽，站在我的桌边，压低嗓音对我说："这样就好，这样就好。以后有问题一定要多问，不要怕。好好努力，争取把成绩搞上去。"这时我才想起，我好像从来没有向冷老太请教过问题。

我第一次觉得，冷老太其实一点也不冷。

还有百合，我也向她问过一道数学题，那时纪向东正好不在教室里。因为已经有过几次微笑对视，我对百合的友好态度并没感到太大的惊讶。在获得非常清晰的讲述后，我只是在心里感谢上帝让我明白了又一个道理——有时候退一步，你会得到意想不到的收获。

嘿嘿，真好笑！再这样下去，我也许会成为一个哲学家，而不是一个时装设计师——我在短短的一星期内，居然感受并总结出了这么多条放之四海而皆准的真理。我把以上的几条都在日记本中记下来了。我想，如果以后我有机会写文章，我一定要把它们写出来给人家看——最好是给与我有相同处境的中学生看。

不过，我知道要想把成绩真正提高，光这样揪住别人问是不行的。最根本的办法是要彻底根治我的症结所在——将以前没有垒好的砖块一块一块重新垒起来。

所以，这个周末，我起床后做的第一件事，就是拖出床底下的木头书箱子，将高一时候的数理化课本通通找出来，一本一本堆放在我小小的书桌的左上角。

你以后要做的事，除了学好新功课，不许再留下漏洞以外，就是将这些旧书再重新啃一遍——不许懒惰，不许反悔，一定要坚持、坚持、再坚持！我深吸一口气，对自己这样狠狠地下命令。

十三

好像已经隔了快一个月没到“世纪风情”里来了。

店里很冷清，芋芋百无聊赖地坐在一大堆衣服中间剔牙齿。

我第一次发现，张着嘴巴的芋芋其实也和妈妈一样，是一个标准的中年妇女。

我想起上次妈妈说过的关于芋芋的一些话，心里有一点点难过。我问芋芋：“最近生意好不好？”

芋芋摇摇头：“就是过元旦的时候火了一把。现在服装店越开越多，买衣服的人越来越精，生意真是越来越难做了。”芋芋叹口气，问我，“你最近很忙吗？怎么好久没过来了？”

“是很忙，马上要期末考试了。”我说。

我很奇怪自己没有将自己的新打算告诉芋芋，本来我过来就是想告诉她这件事的。但现在，我突然不想说了。实际上，除了纪向东，我对谁也没有肯定地说过这件事，包括我妈妈。因为我知道，多一个人参与，我的心理压力就会多增加一份。

我这个人也许是一个成不了什么大器的人，我在心里很沮丧地想。

但我现在毕竟开始好好地努力了，我希望自己能坚持下去。不管结果怎样，我都希望自己能坚持下去。做一个有毅力的人，应当也是一件不简单的事吧。

我帮芋芋整理了一批新到的衣服，将它们挂到店中间最显眼的位置，同时将一批有点过时的衣服移到边上，它们的命运可能是打折处理。

然后，我翻出货架底层的小抽屉里已经被芋芋淘汰了的那管大红色的口红，将自己的大嘴巴涂了个鲜血淋漓。我满意地盯着镜子瞧了老半天，然后抽出餐巾纸仔仔细细地擦去了。

跟芋芋告别以后，我就回家了。